さもしい浪人が行く

元禄八犬伝 一

田中啓文

集英社文庫

目次

さもしい浪人が行く

元禄八犬伝　一

◈第一話

通し矢と矢数俳諧

一

「おうおう、なにしやがんでえ、てめえ……そこの図体《ずうたい》のでかいてめえだよ」

妙に甲高く、ざらついた声が後ろから降り注いだ。

「なんや、わしのことかいな」

駕籠《かご》屋の留吉《とめきち》は振り返った。そこに立っていたのは、黒羽二重《くろはぶたえ》の単衣《ひとえ》を着流しにして雪駄《せった》履《ば》き、漆の剥げた大刀を一本、閂差《かんぬきざ》しに腰にぶち込んだ浪人らしき男だった。

月代《さかやき》を五分ほどに伸ばし、ほっそりした顔立ちで顔色は悪く、右頬に縦に刀傷がある。

貧乏浪人……と言いたいところだが、着物も帯も洒落《しやれ》たもので、顔には無精髭《ぶしようひげ》もなく、青々と剃《そ》り上げている。紐《ひも》をつけた瓢簞《ひようたん》をひとつ、肩に引っ掛けているところを見ると、よほどの酒好きなのだろう。

「侍《さむれえ》にぶつかっておいてひと言の挨拶もねえたあ、呆《あき》れ返《けえ》った野郎だ。江戸じゃありえねえ話だぜ」

「ふん、江戸ではどうか知らんけどな、上方《かみがた》ではこれが当たり前や。こっちでは侍より町人の方がえらいのや。よう覚えとけ、田舎侍《いなか》」

　留吉は熊のような巨漢であり、熊のような髭も生やしている。

「なんだと？　武士に向かってその口のききようは許せねえなあ」

「今のはおとなしゅう言うた方や。もっとえげつない悪口《あっこう》、なんぼでも言えるで。田舎侍、ムクドリ侍、腰抜け侍、アホ侍、間抜け侍、へボ侍、カス侍、最後におまけじゃ、真っ黒けの着物着たカラス侍」

「へっ、口のよく回る野郎だぜ」

　なんだなんだと野次馬が集まってきた。ここは大坂日本橋《にっぽんばし》の北詰、宗右衛門町《そえもんちょう》。大勢が往来する場所なのだ。

「震え上がって土下座するとでも思うたか。おあいにくさま。おまえみたいなヤクザな連中にビビッてたら大坂で駕籠かきはつとまらん。わしはこう見えてただの素町人《すちょうにん》やないで。ヒグマの留《とめ》、ゆうたら、駕籠かき仲間はおろか、大坂、いや、上方中に鳴り響いてる二つ名や。奉納相撲で関脇《せきわけ》張ったこともあるのやで。ぶつかった相手が悪かったな」

「ヒグマだと？　へへへへ……たしかに熊に似てらあね。女にゃもてねえ顔立ちだぜ」

「なめとんか？　それにな、わしがぶつかったんやない。おまえの方からぶつかってきたんや。それをわしは上手《うま》いことよけたのに、ぶつかった、て文句言うてきよった。はは一ん……おまえ、当たり屋やな」

「なんだ、その当たり屋てえのは」

「往来でひとにぶつけられたと難癖つけて、なんぼか小遣い銭でもふんだくろう、ていうゆすりたかりの類や。どや、図星やろ」

着流しの浪人はにやりと笑い、

「そうけえ。そこまでお見通しかえ。ならば話が早《はえ》え。俺の手間も省けたってもんだ。——よこしな」

「な、なにを?」

「てめえが今言った小遣い銭だよ。早く出してくれ。俺もいろいろ忙しいんだ」

「ゆすりたかりとわかってながら、だれが出すかいな」

「そう言わずに、銀《しろがね》十目《もく》(匁《もんめ》)でいいんだよ」

「そんな大金、職人が持っとるかいな!」

「なら、でーんと負けて、五目でいい」

「ないない」

「じゃあ一目だ。これ以上は負けられねえ」

「ないちゅうとるやろ」

「三十文でも堪忍しといてやらあ」

「あのなあ、雑喉場《ざこば》の競《せ》りやないねんから……。それにおまえも侍やろ？　そんな三十文ぐらいのはした銭、わしら町人からみみっちくせびりとらんかて、ちょっと働いたら稼げるやないか」

浪人は身体《からだ》を反らし、

「へっ、自慢じゃねえが、俺ぁ生まれてこのかた、一度も働いたことがねえのさ。汗水垂らすのなんざあまっぴらごめんだ。てめえたちみてえに闇雲に働いてる連中から上がりをかすめて生きてきた。これからもそうするつもりだ」

集まった群衆が口々に、

「ひどい野郎や」

「人間の屑《くず》やないかい」

「いっぺん懲らしめたれ」

ヒグマの留はうなずいて、

「わかっとるわい。おい、どうせ剣術の腕もからきしない駄サンピンやろ。今時分の侍は刀は持っとるけど、それはただの飾りや。生涯、犬はおろか、モグラも斬ったことないはずや。抜けるもんなら抜いてみい」

そうわめきちらした瞬間浪人は、左手で瓢簞を持ったまま、右手でずい……と刀を抜いた。刃がぎらり、と陽光に輝いた。

「ぬ、ぬ、抜きよった。往来の真ん中で刀抜きよったでえ」

「心配しなはんな。ただの脅しや。——おーい、ヒグマの留、がんばれやー」

「わ、わかっとる！」

留吉がそう言ったとき、浪人は、

「動くなよ。動いたら死ぬことになるぜ」

「なんのこっちゃ」

留吉がそう言った瞬間、浪人は刀を一閃《いっせん》させた。留吉は「うわっ」と叫んで目をつむった。しかし、どこにも痛みはなかったのでおそるおそる目をあけた。

「な、なんや、ただの脅しかいな。しょうもないことさらすな……」

そう言いつつ、野次馬たちの顔を見ると、皆青ざめている。

「おい、わしの顔になんぞついとるのか」

ひとりが、

「ついとるのやのうて……なくなったのや」

「へ……？」

留吉はおのれの顔を撫《な》でまわした。そして、目をフクロウのようにまん丸くして、

「な、ない！　わしの髯《ひげ》がない！」

そう、浪人の刀によって留吉の右の頬髯がきれいに剃り取られていたのだ。肌にはなんの傷もなく、よく切れるカミソリで剃ったようにつるつるになっている。留吉はその場にへたっと座り込んでしまった。

「どうでえ、小遣い銭、出す気になったかえ」

刀を鞘《さや》に収めた浪人がそう言うと、

「だ、だ、出します。はいっ、これ……」

留吉は財布から銅銭をひと摑《つか》み取り出そうとしたが、手が震えて地面にぶちまけてしまった。浪人は腰をかがめて、それらを一枚ずつ拾い集め、

「へっへっ……六十文もあるぜ。ありがてえ、これなら一升買えらあ。――じゃあな、あばよ」

立ち去ろうとした浪人に留吉は、

「あの……ご浪人さん、ひとつだけ教えとくなはれ」

「なんでえ」

「それだけ剣の腕があるのに、なんでわしら町人にたかったり、銭を拾い集めたりあさましい、情けない真似《まね》しまんのや。剣術指南役とか、仕官の口ぐらいなんぼでもおまっしゃろ」

「せこいと思うか」

「正直言うと、そう思いますわ」

「ああ、そうだよ。俺ぁせこいし、あさましい侍だ。けどよ……仕官するってのはおのれの自由を売り渡すってことだぜ。俺にゃあ今の生き方が合ってるのよ」

留吉はすっかり感心した様子で、

「ご浪人さん、お名前を教えてもろてもよろしいか」

「ああ、俺の名は左母二郎《さもじろう》。網乾《あぼし》左母二郎ってえのさ。さもしい俺にぴったりだろう?」

「さ、さもじろう? そりゃあんまりな……」

「へへへ……もとは左馬二郎《さまじろう》ってえんだが、あんまりにもさもしい人間なんでね、改名したのさ。——じゃあな」

そう言うと左母二郎はその場を去った。

◇

網乾左母二郎は小悪党である。ゆすり、たかり、かっぱらい、かたり、いかさま博打《ばくち》……なんでもする。食うに困ると、切り取り強盗も辞さぬ。以前は江戸にいたのだが、何度も町奉行所の厄介になり、とうとう江戸払いになってしまった。しばらく東海道をうろちょろしていたが、近頃なしくずしに大坂に居を定めたのである。

とにかく「生まれてから一度も働いたことがない」のが自慢である。父親は、とある大名家の剣術指南役だったが、つまらぬことで殿さまと意見が対立し、浪人した。母親は早くに亡くなり、以降、左母二郎は貧乏のどん底を味わった。父親は左母二郎が剣の腕で身を立てられるようおのれが学んだあらゆる剣術を左母二郎に叩《たた》き込んだが、左母二郎にとってはそんなことより日々の生計《たつき》の方が大事だった。

のちに父親も死に、ひとりになった左母二郎は、生きるためにあらゆることをした。まともに働く気はさらさらなかった。というか、そういう仕事が「浪人の子」にはなかったのである。

（金がすべてだ。金を持ってるやつが勝つ）

そういう価値観が、左母二郎のなかに自然に出来上がっていた。といってもその「金」は何十両、何百両……といったものではなく、ほんの一両、二両のことなのだ。おのれが「さもしい」人間であるという自覚もある。徳川《とくがわ》家は関ケ原《せきがはら》の戦いや大坂の陣のあと、多くの大名家を取り潰し、大量の浪人を発生させた。世の中は平穏になり、もはや戦《いくさ》はない。浪人した武士たちはどこかの大名に仕え直して俸禄《ほうろく》をもらうか、浪人として傘張りや用心棒、寺子屋の師匠といった内職に精を出すかの二者択一をするしかなかったが、左母二郎はそのどちらも拒んだ。ひとに頭を下げたり、命令されることが大嫌いで、しかも、働くことも嫌いなのだ。そんな左母二郎は、小悪党になるよりほかかなかったのだ。だから、いつもぴいぴいしている。

（金が欲しい……）

いつも、そう思いながら歩いている。ときにはさっきのように「当たり屋」をすることもある。

（六十文たぁ張り込みやがったな。よほど「髯剃り」が効いたとみえるぜ）

しかし、その剣の腕を使って立身出世を企てたり、城勤めをしたりする気はさらさらない左母二郎だった。酒屋で一升の酒を瓢箪に詰めさせ、煮売り屋で大根と豆腐の煮しめを購《あがな》った。もちろんどちらも値切りに値切り倒してからである。店主が値引きに応じないときはちょろりと脅すこともあるが、今日は向こうも心得ていて、すぐに負けてくれた。以前に痛い目に遭わせておいた店は話が早い。

（かまうもんけえ。どうせ俺は鼻つまみもんだ）

長町《ながまち》の裏通りまで来ると、一匹の犬が左母二郎に吠《ほ》えかけた。

「ふん、犬まで俺を毛嫌いしやあがる。俺の方も犬っころなんて嫌いだよ！」

左母二郎はその犬を蹴り飛ばそうとしたが、へっ……と悲しげに笑い、

「おめえ、野良公だな。俺と同じで主人はいねえ。いろいろたいへんだろうけど、自由には代えられねえよな」

そう言うと、だれも見ていないことを確かめてから、豆腐をその犬の目のまえにぽい

っと投げた。夢中でその豆腐を食べ始めた犬に背を向けて、左母二郎はひと棟の裏長屋の木戸をくぐった。木戸といっても「戸」があるわけではない。紐が一本張ってあるだけだ。三軒長屋、五軒長屋、八軒長屋などがでたらめに配置されており、迷路のようになっている。しかし、左母二郎の住まいはこの長屋ではない。長屋を抜けたところにある二階建ての一軒家だ。いくら貧乏長屋といっても日家賃は払わねばならない。しかし、この家は家賃がタダなのだ。あまりにボロボロで、今にも崩れそうなので、地主が家を壊そうとしているのを聞きつけて、左母二郎が話をつけ、タダで借りることになったのである。「話をつけ」たというのはもちろん、地主のところに行って脅したのである。はじめのうちは首を縦に振らなかった地主も、首筋に刀を突きつけられて、

「この家をタダで貸すか貸さねえかはっきり返答しろい！」

と怒鳴りつけられてはどうにもできぬ。返事は当然、

「貸す」

だった。

細い路地から路地をくねくねと進み、やっとおのれの家が見えてきた。

（こんな家、タダどころか、向こうから家賃を払ってほしいもんだぜ……）

左母二郎はそう思った。なにしろ建物全体が右斜めに大きく傾いており、入り口の戸が菱形《ひしがた》にへしゃげている。屋根の瓦はほとんどが落ちて丸坊主になり、そこにカラスが

巣を作っている。柱は白蟻に食われて撓《たわ》み、とても屋根を支える力はなさそうだ。壁土ももろもろになっていて、二重三重に蜘蛛《くも》の巣が張っている。人間が住んでいるとはだれも思わないような、とうの昔に狐《きつね》や狸《たぬき》の棲《す》み処《か》になっていてもおかしくはないあばら屋である。それが、左母二郎のねぐらなのだ。

（おや……？）

長屋を通り抜けようとしたとき、ふと左母二郎は三軒長屋の真ん中の一軒に目をとめた。そこは以前に首くくりがあった、ということで長いあいだだれも入らぬ空き家になっていて、近頃では野良犬の棲み処になっており、このあたりの住人に「犬小屋」と呼ばれている家だった。その犬小屋に、あでやかな振袖を着た若い娘が入っていったのだ。その一角だけが輝いたように見えたほどだ。鄙《ひな》にはまれな、というか、掃きだめに鶴、というか……とにかくこのあたりにはまったくふさわしくない高貴そうな娘だった。

（こいつぁよほど身分のある武家の娘か、もしかしたら公家《くげ》娘かもしれねえ）

しかも、一緒にいたのが墨染《すみぞめ》の衣の人物である。笠《かさ》で顔は隠していたが、間違いなく僧侶だ。ふたりは前後左右にくまなく目を配っていた。明らかにひと目をはばかっていたのである。

（ほっほう……）

左母二郎はにやりと笑った。新しい金儲《かねもう》けのネタを見つけたのだ。左母二郎は懐手をして半ば崩れかけたおのれの家に入った。

「今帰《けえ》った。酒があるぜ」

左母二郎がそう言うと、

「あれ、豪儀だねえ。あたしにもご相伴させてくれるんだろうね」

女の声に、

「船虫《ふなむし》、来てたのか」

斜めになった畳のうえに肘枕をして寝転がっているのは、無造作にくくった髪に五寸もありそうな大きな珠《たま》のついたかんざしを挿した年増女だった。歳《とし》は二十五か六ぐらい。吊《つ》り上がった猫のような目、つんと突き出た鼻、紅を濃く塗った唇……薄紫色の着物をだらしなく着崩し、横になったまま器用に煙管《きせる》で煙草《たばこ》を吸っている。片膝を立てているので、白い太ももが裾からのぞいているが、左母二郎はそんなものには一瞥《いちべつ》もくれぬ。湯《ゆ》呑《の》み茶碗《ぢゃわん》を三つ、その場に置いたあと、しげしげと女を見つめ、くすりと笑った。

「なんだよ、左母二郎……嫌な笑い方するねえ」

「いや、怒るな、船虫。さっきの女とおめえはまるで逆さだなあ、と思っただけさ」

「さっきの女？」

「ああ、おいおい話をするが、高貴そうな、派手ななりをした娘がそこの長屋に入っていくのを見ちまったのさ。ありゃあどこかの身分のある武家の娘か、京の公家衆の娘かもしれねえ。とにかく着物から帯から帯締めから打掛けからかんざし、履物にいたるまでどえらく高価な品ばかりだ。金が歩いてるようなもんさ。そこへいくと、おめえの着てるもんなんざ、頭のてっぺんから足の先まで全部合わせても、あの娘の扇子一本にも足らねえだろうよ」

「お銭《あし》がないんだからしかたないだろう」

「うまくやりゃ、そのお銭が転がり込むかもしれねえぜ」

「へえ……あたしもひと口乗せてほしいね」

「おめえはすぐに手のひらを返すから信用ならねえ」

「そんなこと言わずにさあ……」

船虫は起き上がると、急に甲斐甲斐《かいがい》しく酒を湯呑みに注《つ》ぎはじめた。

「お銭と聞いたら目の色を変えやがる」

「あたしは、この世でお銭がいちばん好きなのさ。あんただってそうだろう？」

「まあな」

左母二郎は注がれた酒をひと息で飲み干した。船虫はちびちびと飲みながら、

「で、どうしてその娘の一件がお銭になるんだい？」

そう言ったとき、すぐ後ろにある階段がみしみしと鳴り、若い男がひとり下りてきた。日に当たったことがなさそうな生白い顔で、細い髷《まげ》の先をちょいと曲げ、月代をきれい

に剃り上げている。ぞろりとした裾長の唐桟《とうざん》ものの着物に博多《はかた》の献上帯、町人には珍しく羽織を着て、いかにも半可通《はんかつう》の洒落者という装いである。両手を袖のなかに入れ、たもとを左右に振りながら、

「左母やん、帰ってたんか。――お、酒があるやないか。喉が鳴るなあ。わても一杯よばれてもええか」

左母二郎の同居人、鴎尻《かもめじり》の並四郎《なみしろう》である。

「二階でなにしてやがった」

「明日久々に仕事やろ？　かもめの絵、描く稽古しとったんや」

そう言って並四郎は一枚の絵をひらひらさせながら左母二郎に示した。

「いいところに下りてきた。かもめ、おめえの耳にも入れておきてえことが出来《しゅったい》したのよ」

「なんやなんや、なにごとや」

そう言うと、並四郎はおのれの湯呑みを手にした。

この男、ちゃらちゃらした若旦那風の外見に似合わず、その本業は盗人《ぬすっと》である。それも、不正をして稼いでいる悪徳商人の屋敷に、

○○屋主《あるじ》殿、御差し支えなくば明晩○の刻○○を頂戴すべくそちらに見参いたし

まする。かもめ

という「予告状」を送ったうえでまんまと指定の品を盗み取り、かもめが群れ飛ぶ戯画を描いた紙に、

御役人衆御役目御苦労なれどけふもうまうま盗めたかもめ

という、町奉行所の役人を嘲るふざけた文句を残していくことで名高い怪盗だ。しかも、「七方出《しちほうで》」という変装術の名人なのである。「かもめ小僧」の二つ名もある凄腕《すごうで》だが、町奉行所の目がつねに光っているので年に数度しか仕事ができない。だから、左母二郎と同じくいつもふところはからっけつだ。博打場での駒の貸し借りで知り合った左母二郎と意気投合し、このボロ家に転がり込んだ。並四郎にとってはなかなかいい隠れ家なのだ。周囲のものは、どこかの若旦那が放蕩《ほうとう》のすえに親もとをしくじり、しばらくここで暮らしているのだろう……ぐらいに思っているようだ。

ちなみに船虫はこのふたりの悪党仲間で、暇さえあればここに入り浸っている。盗みやゆすりもするし、美人局《つつもたせ》もする。盗人の上前をはねるような真似も平気でする肝の太さは、左母二郎たちも舌を巻くほどだ。男をだますのが商売と心得ている節があり、た

いていは左母二郎や並四郎と組んで悪事を働くことが多いが、その方が得だ、となったらあっさり町奉行所にふたりを売ることもあり、油断がならぬ女である。しかし、ほとぼりがさめたら、またしれっとやってきてこうして酒を飲んでいるのだから、厚顔無恥もいいところだが、よほどここの居心地がいいのだろう。ふたりも追い出そうとしないのは、やはり気が合うのだ。

「そこのボロ長屋に、鶴が舞い降りたのよ」

「鶴？　そんなもん捕まえて食うたらあかん。生類憐《しょうるいあわれ》みの令のせいで、鉄砲で鳥を撃った大坂の与力《よりき》が十人も腹切らされたのを知らんのか」

「馬鹿野郎、本物の鶴じゃねえよ。掃きだめに鶴が来た、てえ話だ」

「はあ？」

左母二郎は並四郎と船虫にさっきの出来事を話した。

「つまり、あそこの長屋にきれいなべべ着た別嬪《べっぴん》のお嬢さんと坊さんが入っていった、ゆうことやろ？　それがなんで金儲けになるのや」

船虫はすぐにぴんと来たようだが、並四郎は首を傾《かし》げている。

「ひと目をはばかる様子といい、俺の見立てじゃあ、ありゃあ逢引《あいび》きだな。どこかの武家娘と坊主が、だれにも見つからねえようにわざわざ貧乏長屋までやってきて、乳繰《ちちく》り合ってるにちげえねえ」

「ぼ、ぼ、坊主がそんなことしたらあかんのとちゃうか！」

「そういうこった。今から踏み込んで、ここな女犯《にょぼん》坊主とふしだら娘め！　と怒鳴りつけりゃ、坊主からも娘の親からもお銭がもらえるって寸法でえ。こりゃあ五両と言いてえが、うまくすりゃ十両仕事だぜ」

「左母やん、それってゆすりとちがうか？」

船虫がため息をついて、

「ようやくわかったのかい。頭の巡りが遅いんだよ」

「やかましいわ。鶴が来たとかわけのわからんこと言うさかい、ちょっと混乱しただけや」

そう言うと並四郎は残りの酒を飲み干した。

「どうだ、善は急げだ。今から乗り込むか」

「善……やないと思うけどな」

「どっちでもいい。やるのかやらねえのか」

「やるがなやるがな。やろー、やろ！　なんぼでもやろ！」

そう叫ぶと、並四郎は立ち上がった。

◇

長屋の戸は薄い。下手《へた》に寄り掛かると倒れてしまう。左母二郎は注意深く障子に耳を当て、なかの様子をうかがおうとした。ふたりの人物の会話が聞こえてくる。

「……なので、どうやら見込み違いのようなのです」

細い、ささやくような声だ。

「そうか。それでは手を引くしかないな」

今度は野太い、男の声だ。左母二郎は人差し指に唾をつけ、障子紙に小さな穴をあけて、なかをのぞいた。墨染の衣を着た坊主がいる。僧侶にしてはがっしりした体格で、腕力がありそうだ。

（女はどこだ……）

花柄の振袖を着た娘が下を向いて座っているのがかろうじて視野に入った。

（こいつぁ上玉だぜ。さっき見かけたときもそう思ったが、こうしてじっくり見ると、なんとも言えねえいい女だ。こりゃあゆすりなんかよりも、新町《しんまち》にでも売り飛ばしゃあ、百両代物《じろもの》かもしれねえや……）

そんなことを思ったとき、鴎尻の並四郎が右隣に来て、

「左母やん、わてにも見せてえな」

「うるせえな、もうちょっとしたら代わってやるから待ってろ」

「なんやねん、おまえばっかり逢引き見るのんずっこいわ。――あ、そや。こうしたら

ええねん」

並四郎も指で障子に穴をあけ、そこに目を当てた。左母二郎は、

（馬鹿野郎、大勢でこんなことしてたらひと目につくじゃあねえか。それに、指をなめずにずぼっと差したら、音がして気づかれるだろう。盗人のくせにそんなこともわからねえのかよ！）

内心そう思っていると、

「うわあ……これはほんまに別嬪や。ええ女やなあ……。細面《ほそおもて》やし、色は雪みたいに白いし、肌はきめ細かいし、うるんだ目、つぶらな瞳、桃みたいな唇……ああ、こんな女とわても逢瀬《おうせ》がしてみたい……」

「頼むからだまっててくれ。気づかれたらなんにもならねえ」

すると、今度は船虫が左隣に立ち、障子に穴をあけはじめた。

「おいおい、おめえまでも……」

「だって、あたしだってそんな美人なら面《つら》を拝んでみたいよ。あたしとどっちがいい女かねえ」

「知るけえ、そんなこと！」

そのときなかで娘が、

「いえ……それはできませぬ。此度《こたび》のことの裏側には、おそらくなにごとか悪事が企《たくら》ま

れております。それを暴き、たしかな証拠を摑まねば……」

「信乃《しの》、そなたにはそなたの役目があるのだ。それを忘れたか」

「ですが……知らぬうちならともかくも、知ってしもうたうえからは、見過ごすわけには参りませぬ。太田原十内《おおたわらじゅうない》殿は私のことを信用してすべてを打ち明けてくださいました。その信を裏切るのは心苦しゅうございます」

「信用に重きを置くのはそなたの性分だからな。——だれかに頼めればよいのだが、大坂の地では信頼できるものもおらぬ。上さまからは、大坂城代や町奉行所にも内密で動くよう命じられておるゆえ、そちらに助力を頼むわけにはいかぬ。困ったことになった……」

左母二郎は首をひねった。

(大坂城代に町奉行……？　逢引きにしちゃあ、ちいと色気のねえ話のようだな……)

そう思ったとき、必死に目を凝らしていた並四郎が体重を預けすぎたらしく、

「うわっ！」

と叫んで戸を内側に押し倒した。支えがなくなったので左母二郎と船虫も一緒に、長屋のなかに飛び込んでしまった。墨染の衣を着た僧が錫《しゃくじょう》杖を引き寄せ、

「その方どもはなにものだ！」

こうなってはしらを切るわけにもいかぬ。左母二郎は脛《すね》を剝《む》き出しにして上がり框《がまち》に

座り込み、一か八かの勝負に出た。

「おうおうおうおうおう！　なにものだ、たあえらく強気に出るじゃねえか。俺っちはことを荒立てるつもりはねえ。だが、てめえらの態度次第じゃ、お上にお恐れながらと訴え出てもいいんだぜ」

並四郎も嵩《かさ》にかかって、

「そやそや！　けど、訴え出たらこっちが捕まる」

左母二郎はあわてて、

「おめえはしばらく口を塞いでろ！」

僧が、

「なんのことだ」

「いや、なんでもねえ。聞き流してくれ。——とにかくてめえらがやってることはわかってるんだ。おとなしく出すもの出した方がいいんじゃねえか。三十両、小判でも銀《しろがね》でもいい、耳をそろえてくれりゃよし、さもなくばお恐れながらと……」

「さっきから何度もお恐れながらと訴え出ると申すが、なにを訴え出るつもりだ。わしらがなにをしたと思うておる」

「言ってもいいのかい。そちらのお嬢さまが恥を搔《か》くんじゃねえか、と思って気を遣ってたんだが、それなら言ってやろう。おう、坊主、てめえは女犯の罪、お嬢さまは不義密通の罪だ。女犯した坊主は三日のあいだ晒《さら》されて、破門・追放だ。お嬢さまも親に顔向けができめえ。寺や親に知られたくなかったら、口止め料をはずんでくれ、てえことさ」

僧ははじめきょとんとしていたが、やがて大声で笑いはじめた。

「わっはっはっはっ……女犯の罪とは恐れ入ったわい。――のう、信乃」

娘もうなずいて、

「ほほほ……なかなかに面白いことをおっしゃるお方」

「な、なにがおかしいんでえ！」

そのとき船虫が左母二郎の袖を後ろから引っ張って、

「もうやめな。あたしはずっとなんだか変だなと思ってたのさ」

「なんのこってえ」

「よく見なよ。このお嬢さま……喉仏があるじゃないか」

「喉仏があろうとなかろうとそんなものおめえ……な、なにい？　喉仏？」

左母二郎はしげしげと娘の喉を見た。たしかに突き出ている。

「てえことは……つまり……その……」

娘は口に手を当てて笑いながら、

「おっほほほ、そういうこと。私は男でございます」

左母二郎は信じられない思いだった。どんな歌舞伎の女形でも、この娘、いや、男にはかなうまい。左母二郎は信乃と呼ばれたその男の頭の先から足先までをじろじろと見回し、

「それにしても上手く化けやがったもんだなあ」

並四郎も、

「ほんまや。このひとが相手やったら、わて男でもええわ。なんちゅう別嬪さんやろ……」

船虫も感心したように、

「化粧も上手いんだろうけど、もともとの下地がよくないとこうはいかないねえ。見事みごと。よお、日本一！」

その掛け声に左母二郎はハッと我に返って自分の目的を思い出し、

「男だろうが女だろうがおんなじこった。坊主が女装した男を衆道《しゅどう》の相手にしてやがるってことだろう。寺にバラされたくなかったら金を寄越《よこ》しやがれ！」

坊主は左母二郎をキッとした目でにらみ、

「ところがそういう間柄でもないのだ。わしらは、あるものを探すために江戸からやってきた。やましいことは毛ほどもないゆえ、町奉行にでも寺社奉行にでも届け出るがよかろう」

並四郎が、

「わてらの負けみたいやで、左母やん。あきらめて帰ろ」

「ちいっ……！」

左母二郎は舌打ちをした。しかし、このまま引き下がるわけにはいかぬ。小悪党にも小悪党なりの意地があるのだ。左母二郎は刀を抜いた。

「こうなりゃどうあっても金をいただかにゃあ収まらねえ。やい、くそ坊主。首をばっさりやられたくなかったら有り金全部そこに出せ」

僧は呆れたように、

「しつこいやつだな。ゆすりのあてが外れたら今度は切り取り強盗か。悪いことは言わぬ。おとなしく帰った方が身のためだぞ」

「うるせえやい！」

左母二郎は座っている僧に向かって斬りつけた。僧は座したまま刀の峰を錫杖で払い、そのまま左母二郎の顔面に突き出した。

「おおっと……」

左母二郎は身体を反らしてかわし、土間から畳のうえに跳び上がった。僧は立ち上がりざま、左母二郎の顔面を狙って錫杖を槍《やり》のように繰り出してくる。その速いこと。左母二郎は左右に首を傾けて必死にかわし続ける。刀は錫杖より短いので近づくのが容易ではない。

「こいつぁしくじったかな……」

今更ながら仕掛けたことを後悔したが、もう遅い。

「もう自棄《やけ》だ！」

左母二郎は咄嗟《とっさ》に身体を屈《かが》め、そこにあった土瓶を僧に投げつけると同時に思い切って僧に体当たりした。僧は間一髪、座り込むようにして左母二郎の一撃を避《よ》けると、錫杖を片手で大きく振り回した。先端が耳をかすめ、ぶうん……と風が鳴った。左母二郎は飛びのくと、呼吸を整えた。僧が左母二郎に、

「ただの痩せ浪人と思うていたが、なかなかやるな」

左母二郎はにやりと笑い、

「てめえもな、くそ坊主」

そして、上段から僧の胸板に斬り込んだ。僧は一歩しりぞいてかわし、刀をうえから錫杖で強く打った。刀の切っ先が上がり框に突き刺さってしまった。

「うう……しまった！」

左母二郎は並四郎を振り返り、

「なにをボーッと見物してやがるんでえ。とっとと助けやがれ」

「助けに、ってどないして？」

「決まってるだろう。そこのお嬢さまを人質にするんだよ！」

「あ、ああ……さよか」

並四郎はふところから匕首《あいくち》を取り出し、

「お嬢さま、か、お兄さま、かわからへんけど、しばらくのあいだ辛抱してや。こんなやつでもわての仲間やねん。助けたらんとあかんさかいな。怖いことないで、なーんもせえへんから」

そう言いながら信乃に近づくと、その匕首を首筋に当てようとした。しかし、信乃は怖がるどころか平然と微笑《ほほえ》んでいる。そして、匕首の刃が首に触れようとした瞬間、

「ええいっ！」

桃色の唇から気合いがほとばしり、手刀が並四郎の手首に叩き込まれていた。

「痛いっ！」

並四郎は落とした匕首を拾おうとしたが、信乃はすばやく蹴飛ばして遠ざけ、並四郎の右腕を摑んでぐいと搾り上げた。

「痛たたた……なにすんのや！」

「悪党をこらしめているのです」

並四郎は必死に信乃の手をふりほどくと、土間に転げ落ちるようにしてその場を逃れ、

「左母やん、あかんわ。このひと、えらい強いみたいや。わて、明日のこともあるさか

い、これで失礼するわ。ほな……」

そのときやっと刀の先が上がり框から抜けたが、すでに左母二郎の戦う意欲は萎えていた。

「今日はこれぐらいにしといてやらあ」

捨て台詞《ぜりふ》を残すと、刀を手に持ったまま長屋から走り出た。船虫はとうの昔にいなくなっていたようである。

◇

翌日の深夜、丑《うし》の刻（午前二時頃）。空には白く大きな月が輝いている。

「来ますかね、あいつ……」

同心のひとりが言った。

「来る。来るに決まっている。予告状を出して、やつが来なかったことがあるか」

そう応えたのは、大坂西町奉行所盗賊吟味役与力《よりき》の滝沢鬼右衛門《たきざわおにえもん》である。揉《も》み上げを長く伸ばし、眉は太く、顎は角ばっている。腕にも手の甲にも、見えてはいないが胸や脚にも剛毛が生えている。

「ですが、町奉行所から目と鼻の先のこんな場所に……」

「ああ、わしらもなめられたものだな」

　ここは大川《おおかわ》沿いの天満橋《てんまばし》南詰。西町奉行所からも東町奉行所からもほど近い京橋《きょうばし》三丁目にある足袋《たび》問屋市川屋《いちかわや》の奥座敷である。鬼右衛門と同心数名、それに捕り方たちが詰めていた。三階建ての豪奢《ごうしゃ》極まりない建物で、広い敷地内には蔵や奉公人の長屋などがいくつもある。

「だが、ここなら北は大川、東は両町奉行所、西は火の見櫓《やぐら》と会所《かいしょ》がある。南側にだけ網を張っておればよい」

　市川屋の南側には捕り方が数十人配置されており、鬼右衛門の命令一下、ただちに市川屋に押し寄せることになっている。火鉢のまえに座った鬼右衛門は顎の無精鬚《ひげ》をぽりぽりと掻いて、

「彼奴《きやつ》の命運も今夜で尽きた。思い上がったのが敗因だ。あとはこれを守り切ればよい」

　鬼右衛門は手にした小さな茶碗を見つめた。高麗《こうらい》の青井戸茶碗という名器だというが、風流心のかけらもない鬼右衛門にはまるで値打ちがわからぬ。ただ、この店の主が茶道具屋から千両で買った、と聞いて、

（町人のくせに奢《おご》っておる……）

　と憤りを覚えたが、この茶碗を守ることが今の自分の役目なのである。

「よろしいのですか？　堅牢《けんろう》な蔵のなかにでも入れて鍵をかけておいた方が心丈夫で

は……」

「たわけ。そんなことをしたら、床下や屋根から忍び入られるのがおちだ。こうしておのれの手に摑んでおくのがもっとも心丈夫だ。さあ、かもめ小僧め、来るなら来い。今日こそこの手でふんじばってやる！」

鬼右衛門はこれまで幾度となくかもめ小僧と対決し、そのたびに苦い汁を飲まされていた。町奉行には叱責され、町人たちには笑われ、近頃は町奉行所内で、

「やつをかもめ小僧の召し捕りから外せ」

という意見も出ていた。それゆえ、今夜はどうあってもしくじるわけにはいかないのだ。

「少し肌寒うございますな。熱いお茶でもお淹《い》れしましょうか」

同心が言うと、

「せっかくだがいらぬ。茶など飲んで、小便に行きたくなったら困る」

「それでは火鉢の火を熾《おこ》して……」

「無用だ。おまえは寒いのか？　お役目に真剣ならば、寒さなど感じぬはずだ」

「はあ……」

同心が鼻白んだとき、どーん！　という、なにかが爆発したような凄《すさ》まじい音が立て続けに三度響いた。

「な、なにごとだ！」

そのとき、ひとりの捕り方が部屋に飛び込んできて、

「一大事にございます！　西町奉行所が砲撃されました！」

「な、なにい？」

さすがの鬼右衛門も動転した。

「お奉行さまより、全員ただちに奉行所に戻れ、とのお指図でございます」

居合わせた同心や捕り方、小者たちもばらばらと部屋から走り出ていった。

「さあ、滝沢さまも早《はよ》う……一刻を争います」

「いや……わしはここを動かぬ」

「なぜでございます」

「これだ。この茶碗を手にしておるかぎり、わしはこの部屋から出ぬ」

「ほう……それが例の高麗の青井戸茶碗ですか。さすがに名器でございますな」

その捕り方はしげしげと茶碗を見つめた。

「おい……貴様、見かけぬ顔だがだれの組のものだ」

鬼右衛門がそう言いかけたとき、捕り方は火鉢の灰を摑み、鬼右衛門の顔に向かって投げつけた。灰が目に入り、鬼右衛門は激痛にのたうち回った。目をこすればこするほど痛みは増した。そして、ふっ……と手から茶碗が離れる感触があった。

「いただきー！」

「し、しまった……！」

鬼右衛門はむりやり目を開けたが、すでにかもめ小僧の姿はなかった。涙をこぼしながら部屋から出たとき、大川の方からなにかが水に飛び込んだような音が聞こえてきた。

「川か……！」

鬼右衛門がようよう川端に着いたとき、一艘《そう》の船が暗い川面《かわも》を滑るように遠ざかっていくのが見えた。

「川に飛び込み、泳いであの船に乗り移ったのだな。だれか！　だれか、あの船を追え！」

鬼右衛門がいくら呼ばわっても、同心や捕り方たちはひとりも残っていなかった。鬼右衛門は激しく地団駄を踏んだあと、周囲を見回した。一艘の小舟がもやってある。鬼右衛門はそれに飛び乗り、慣れぬ手つきで艪《ろ》を摑むと、

「かもめ小僧め……地の果てまでも追ってやるぞ！」

そう叫んだ。

◇

しかし、じつはかもめ小僧こと鴎尻の並四郎は川に逃げたのではなかった。大きな石

をひとつ、大川に放り込んだあと、階段を使って三階に上がると、窓から身を乗り出し、そこに垂れ下がっていた黒い縄の端を摑んだ。きゅ、きゅ、と二度引っ張ると、

「おう、上がってきな」

という声が降ってきた。並四郎は身軽に縄にぶら下がり、猿のようにするするとそれを上っていった。屋根に這《は》い登ると腕が差し伸べられ、引っ張り上げられた。腕の主はもちろん網乾左母二郎である。川岸に生えている松の梢《こずえ》からこの屋根まで太くて黒い縄が張られており、それをつたって待機していたのだ。並四郎は顔の変装を解いた。含み綿やつけまつげ、つけ眉、つけ髭、つけ鼻、さまざまな化粧などでまるで別人のようになっていたのだ。ときには鬘《かつら》をかぶったり、顔に薄い紙製の面をつけることもある。

「首尾は？」

左母二郎の問いに、

「上々や」

そう言って、並四郎はふところから茶碗を取り出し、左母二郎に見せた。

「ふーん、こんなつまらねえ茶碗が千両代物《じろもの》とはねえ。五文、十文の安茶碗でも茶は飲めるぜ」

「そらそやけど、これを売ったら当分のあいだ遊んで暮らせるで」

ふたりは大川を見下ろす。黒い流れに月が映り、なんとも美しい。滝沢鬼右衛門が追

っていった船は、並四郎が雇った船頭が漕《こ》いでいる。おそらく海の方まで鬼右衛門を引っ張っていってくれるだろう。

「ああ、わてはなんと頭がええのやろ。――すまんなあ、鬼右衛門はん。悪う思わんとってや。こっちも商売やねん」

並四郎はそうつぶやいた。

「さあ、去《い》のか」

「ああ、長居は無用だ」

ふたりがふたたび縄をつたい、松の木に向かおうとしたとき、

「待て」

声がかかった。ふたりはぎょっとしてそちらを向いた。立っていたのはあの坊主と信乃だった。うろたえた並四郎は声を震わせ、

「な、な、なんでや。なんでおまえらがここにおるのや」

「ふっふっふっ……」

錫杖を持った坊主は一枚の紙を取り出し、

「これは書き損じかのう？　おまえたちが帰ったあと、落ちていたものだ。『市川屋主《あるじ》殿、御差し支えなくば明晩丑の刻高麗青井戸茶碗を頂戴すべくそちらに見参いたしまする。かもめ』……と書かれておる。たしか大坂にはかもめ小僧とかいう盗人がいる、と

聞いたことがある。もしや、と思うて来てみたら案の定であったわい。あの長屋でわれらを見かけたということは、おまえたちの隠れ家もあのあたりであろう。このこと、町奉行所に教えてやれば、上方の小悪党の掃除ができて、少しはありがたがられるかもしれぬわい」

並四郎は匕首を取り出し、

「くそっ……この坊主、顔見られたからには生かしておけん。左母やん……」

「わかってらあ」

左母二郎は刀を抜いた。白い刃が月にぎらりと照り映えた。坊主は、

「信乃、抜かるでないぞ」

「ははっ、心得ました」

振袖姿の信乃も懐剣を抜き、構えた。商家の大屋根のうえで時ならぬ二対二の決闘がはじまった。坊主が、

「えええいっ！」

裂帛《れっぱく》の気合いとともに錫杖を突き出してきた。飛びしさろうとした並四郎だが、ここは屋根のうえである。うかつに動いては転がり落ちることになる。身体を倒すようにして避けたが、そのときふところから高麗の茶碗がまろび出た。茶碗は屋根の斜面をころころころころころころころころころ……と転がり落ち、いちばん下の瓦のところでぽーんと

跳ねて、そのまま大川へと落下していった。小さく「とぼん」という水音が聞こえた。

「しもたっ！」

並四郎は悔やんだが、どうにもならない。広くて深い大川からあの茶碗を回収することはほぼ不可能に近い。左母二郎が坊主に、

「なんてえことをしやがるんでえ！　ありゃあ千両の代物だぜ！」

坊主は苦笑いして、

「おのれがお縄になって打ち首になるかもしれんという瀬戸際に、金のことはどうでもよかろう。なんとさもしい了見のやつだ」

「うるせえ！　今の世の中、金がなきゃ生きていけねえ仕組みになってるんだ。金を馬鹿にするやつぁ貧乏のどん底に落ちたことのねえ甘ちゃんばかりだ。――死ねっ」

左母二郎は坊主に斬りつけたが、足場が悪くて上手くいかぬ。坊主の雷光のように凄まじい錫杖の突きをかわしながらうえへうえへと上がろうと試みる。少しでも相手より高い位置に行かねば不利になるからだ。今、坊主は左母二郎よりもうえにおり、そこから繰り出される錫杖を下側で受け止めるのは難儀である。左母二郎はちらと下を見た。

（ここから落ちたら死ぬんじゃねえかな……）

そんなことをふと思ったとき、

「隙あり！」

坊主が放った一撃が左母二郎の足もとに飛んだ。左母二郎は跳躍してかわしたが、瓦につま先が引っ掛かり、たたらを踏んだ。なんとか踏みこらえたが、坊主は容赦なく錫杖を突き出す。何度か斬り結んだあと、ようやくひと息ついて、

「危ねえ、危ねえ……落っこちるところだったぜ。——おい、坊主」

左母二郎は僧をにらみつけ、

「てめえ……もとは侍だな」

「ようわかったな」

「槍は宝蔵院《ほうぞういん》流と見たが……」

「ほう……感心感心。流儀定めができるとはたいしたものだ」

「俺ぁ網乾左母二郎ってんだ。おめえの名をきいておこうか」

「よかろう。わしは金碗大輔《かなまりだいすけ》。今は訳あって、ゝ大法師《ちゅだいほうし》と名乗っておる」

「そうか、じゃあ、ゝ大法師……行くぜ！」

「おう！」

ふたりは声を上げた。

並四郎は、信乃と戦っていた。振袖という、戦いにはおよそ向いていない姿にもかかわらず、短い懐剣で鋭い攻撃を仕掛けてくる。

「あのなあ、お嬢さま……もうちょっとおしとやかにでけんか？」

「おほほほほ……私はこう見えてもお転婆《てんば》娘なのです。――えーいっ！」

「どひゃーっ」

　信乃の懐剣の切っ先は長剣のように伸びて、休む暇もなく並四郎を襲う。

「あかんあかん、そんなことしたら落ちてしまうがな。こらあ、やめんかい！　やめ、やめ、やめ……やめてえっ」

　そう言いながら屋根のうえを後ずさりしていくうちに、並四郎はなにかに激しくぶつかり、足をずるりと滑らせた。

「うおお……なにをいたす！」

　それは坊主の背中だった。並四郎と坊主は絡み合うような形で転倒し、そのまま車輪のようにごろごろと屋根を斜めに転がっていく。そして、左母二郎に向かって真《ま》っ直《す》ぐに突進していく。

「うわあっ、来るな！　こっちへ来るな！」

　しかし、並四郎と坊主はその叫びに吸い寄せられるように左母二郎に激突し、三人は市川屋の大屋根から吹っ飛んだ。とぼん、とぼん、とぼん……川の方で三度の水音がした。ひとり屋根に残った信乃は額に手をかざし、

「あれまあ……あのふたりだけでなく法師さままで落ちるとは……情けないことよ」

　そう言ってため息をついたとき、一艘の小舟がやってくるのが見えた。船頭は船虫だ

った。

二

「この馬鹿者め！」

西町奉行所の奥書院で、滝沢鬼右衛門が西町奉行の北条氏英《ほうじょううじひで》に怒鳴りつけられ、首をすくめた。

「町奉行所の威信が地に落ちたのだぞ。またぞろ町人どもに笑われる。たかだか花火が三発上がったのを、町奉行所が砲撃されたと思い込み、賊を取り逃がすとは……。しかも、かもめ小僧が船で逃げたと勘違いし、なんの関わりもない小舟を追いかけるとは……」

「ではありますが、お頭《かしら》が全員ただちに奉行所に戻れ、と命じた、とのことでございましたので……」

「それこそやつのいつもの手ではないか。まんまと乗せられるとは、この面汚しめ！」

鬼右衛門には返す言葉もなかった。町奉行が怒るのも道理で、今朝、早速、早刷りの瓦版に鬼右衛門と西町奉行所の失態が面白おかしく書かれていたのだ。町奉行所ではすぐにその瓦版の販売を差し止めたが、大半はすでに配られてしまっていた。

「まことに申し訳……」

「滝沢、つぎからかもめ小僧の召し捕りはほかのものに任せることとする。おまえにはほかの役を与える」

「ほかの役とは……？」

「抜け荷の詮議だ。近頃、従来は長崎や薩摩《さつま》、土佐《とさ》などでひそかに行われていた会所を通さぬ取り引きが、浪花《なにわ》の地でも行われるようになっているらしい。おまえにはかもめ小僧から離れてそちらの方に……」

「えっ……。それはあんまりななされよう。抜け荷などといったつまらぬことにはたずさわりとうございません」

「たわけっ！　抜け荷のどこがつまらぬことなのだ！」

「この滝沢、かもめ小僧を召し捕ることだけを考えて生きて参りました。お願いでございます。今ひとたびの機会をお与えくだされ」

「滝沢……これまで何度機会を与えたと思う。もう、顔も見とうないわ！」

北条は立ち上がると書院を出ていこうとした。鬼右衛門はその裾に取りすがろうとしたが、足で蹴飛ばされ、その場に仰向《あおむ》けになった。情けなくて涙があとからあとからこぼれた。

◇

「びえくしょん！」

全身ずぶぬれになった網乾左母二郎、鴎尻の並四郎、大法師の三人は、大川沿いにある船宿の一室で震えていた。宿の女将《おかみ》に熱い燗酒《かんざけ》を運ばせて、それをがぶがぶ飲んでいるのだが、身体が冷え切ってしまっていてもとに戻らない。信乃と船虫が呆れたように彼らを見つめている。やがて、船虫が言った。

「それにしてもさ、千両の茶碗を大川に落っことしたうえに、自分たちまで川に落ちるとはねえ……大盗人かもめ小僧もやきがまわったね」

「お、おい……」

並四郎は船虫を黙らせようとしたが、

「いいじゃないか。こちらのおふたりさんもあんたの正体、もう承知なんだろう？」

「そらそやけど……びえくしょん！　びえくしょん！」

「汚いねえ。唾をかけないでおくれ」

「しかたないやろ。風邪《かぜ》ひいてしもたんやから……」

並四郎は洟《はな》をすすった。

「ほんとに間抜けだよ。ああ、千両あれば……間抜け間抜け間抜けっ」

信乃が、

「まあ、そうぽんぽん言うてあげなさるな。風邪で済んだだけでよかった。落ちようが悪かったら溺れ死んだり、怪我《けが》をして破傷風になっていたかもしれませぬ」

左母二郎が、

「それで、俺たちのことを町奉行所に内緒にしといてくれる、てえのは本当なのか」

丶大法師が熱い酒を飲みながら、

「うむ、さっきは町奉行所に教えれば上方の小悪党の掃除ができる、などと申したが、あのときはかもめ小僧なる盗賊のことをよく知らなかったゆえ、茶碗を盗難から救うてやろうと思うたのだ。今、聞いてみると、あの市川屋という足袋問屋は、あくどいやり方で金儲けをした金で茶器を買いあさっているとやら。それなら出しゃばることはなかった。それに、わしらの側にもいろいろ経緯《いきさつ》があってな、町奉行所や大坂城代とは関わりを持ちとうないのだ」

「へへっ、なんでえ。つまりはおめえらも俺たちと同じく、脛に傷持ってやつか」

丶大法師は笑って、

「そうではない。わしらの身分を教えよう」

信乃が目を丸くして、

「盗人たちに……法師殿、よろしいのですか」

「うむ、一度は生死を賭けて戦った間柄だが、茶碗もなくなったし、今となってはたがいに利害はない。浪花の地でわしらが向後《こうご》働くには、このものたちと存じよりになっていた方が得だと思う」

そう言うと、左母二郎たちに向き直り、

「このものは犬塚《いぬづか》信乃、わしは屋根のうえで名乗ったとおり、金碗大輔、今は丶大法師と名乗っておる」

「そちらのお嬢はなんで女の恰好《かっこう》をしとるのや?」

並四郎がきくと信乃が照れたように、

「私は幼少のころより女子《おなご》として育てられたのです。兄が三人とも早世したので、母が私だけはなんとか無事に育ってほしいと観世音菩薩《かんぜおんぼさつ》に祈念しましたところ、元服まで女として育てれば長命となる、というお告げがあったとかで、私に女の名前、女の着物、女の髪形、女の言葉、女の所作を強要したのです」

「でも、もう元服はとうに過ぎとるやないか」

「ほほほほ……それはそうなのですが、慣れてしまえばこれもまたよいもの。今さら男の恰好をするのは恥ずかしゅうて……」

「そんなもんかいなあ」

左母二郎が丶大法師に、

「おめえも、丶大とはまた妙な名前にしたもんだぜ」

「さもしい左母二郎に言われたくはないのう。丶大というのは、『犬』という漢字をふたつに分けたものだ」

「なーるほど。判じ物みてえだな」

「わしらはさるお方の命を受けて、犬塚、犬飼《いぬかい》、犬山《いぬやま》……など犬のついた苗字《みょうじ》の八人の侍とともに、あるものを見つけるために江戸からやってきた。八人の侍は『八犬士』と呼ばれており、わしはその八犬士と江戸との連絡《つなぎ》をつける『犬坊主』とでもいう役どころだ」

並四郎が勢い込んで、

「あんたらが探しとるその『あるもの』ちゅうのは、お宝とちがうか」

「『仁義礼智忠信孝悌《じんぎれいちちゆうしんこうてい》』という文字《もんじ》が浮かぶ八つの水晶玉を連ねた数珠だ。値にして、そうだな、せいぜい五両か十両だろう」

「そんなものを見つけるために侍が何人も江戸から来とるんかいな」

「そうだ。此度も、紀伊国屋文左衛門《きのくにやぶんざえもん》の肝煎りにより住吉大社《すみよしたいしゃ》にて、前代未聞の矢数《やかず》俳諧と通し矢の勝負が催され、その景物《けいぶつ》として文字の浮き出た水晶の玉が出される、と聞いて、あわてて調べはじめたのだが……」

左母二郎が、

「見込み違いだったわけか」

「さよう。どうやらわしらが探しているものとは大きさも文字も異なるようだ。おまえたちは通し矢や矢数俳諧のことを知っておるか？」

通し矢というのは京の三十三間堂《さんじゅうさんげんどう》で行われる弓の競技である。射る距離を競ったり、時間を決めて何本射ることができたかを競ったり……と種目はさまざまだったが、三十三間堂の軒下を通すように矢を射、一昼夜のうちに何本通したかを競う「大矢数」がもっとも難しく、また、記録を更新すれば名を挙げることができる、というので、かつて各大名家はこぞって家中の弓術名人に稽古を積ませた。

しかし、十五年ほどまえ、紀州《きしゅう》徳川家の和佐大八郎《わさだいはちろう》が一万三千五十三本中八千百三十三本を通して、尾張《おわり》徳川家の星野勘左衛門《ほしのかんざえもん》が打ち立てた記録（ちょうど八千本）を抜いて以降は、そのあまりの本数に恐れをなしてか、大矢数に挑むものは減り、今ではほとんど行われていない。

並四郎が左母二郎に、

「通し矢は知ってるけど、矢数俳諧てなんや？」

「知らねえのか。井原西鶴《いはらさいかく》てえ男が、十七年ほどまえに住吉大社の境内で、一昼夜に二万何千句だかをひとりで詠んだんだ。そういうのを、三十三間堂の大矢数になぞらえて、矢数俳諧てえのさ」

「ふえぇ……一昼夜で二万句……とは恐れ入った。けど、西鶴やったら知ってるで。あいつ、『好色一代男《こうしょくいちだいおとこ》』とか『世間胸算用《せけんむなざんよう》』とかを書いた浮世草子《うきよぞうし》の作者やないか。もとは俳諧師やったんか」

井原西鶴は、西山宗因《にしやまそういん》を頂きとする談林《だんりん》派の俳諧師だった。もともと俳諧は連歌《れんが》を滑稽かつわかりやすくしたもので、はじめのころは松永貞徳《まつながていとく》を祖とした貞門《ていもん》派と呼ばれる一派が俳壇の中心だった。しかし、ちょっとした言葉遊びの面白さに頼っただけの貞門派の作風はすぐに飽きられてしまった。そこに登場したのが談林派である。奇をてらった、常識を覆したようなぶっ飛んだ作風は大勢に歓迎されたが、同時に反感も買った。「めちゃくちゃだ」「極端すぎる」「笑わせるためならなんでもいいのか」……軽い洒落っ気はあくまで連歌の伝統に立脚する貞門派からは、談林派は珍奇で、やりすぎなものとして非難された。

そんな談林派のなかでも、もっともめちゃくちゃで極端でなんでもあり……の姿勢を貫いたのが井原西鶴である。彼は他門の俳諧師から「阿蘭陀流《オランダ》」と呼ばれた。これは「なんのことだかわけがわからない」というような意味だ。彼は俳諧の伝統をぶち壊すことに力を注ぎ、新しい波の先頭に立ち、つねにひとが思いつかないようなことを率先して行った。

「ほかのやつらが詠む句を聞くと、耳の底にカビが、口には苔《こけ》が生えてくる。あんなものは老いの繰り言で、聞いてもなんの益もない」

と豪語し、それを実践した。その実践の現れが「矢数俳諧」である。つぎつぎと連句を即吟していき、しかも、それを「興行」という形で大勢のまえで行って、皆の度肝を抜いたのだ。三十四歳のときに一日で千句を独吟して出版したのを皮切りに、二年後には生國魂《いくくにたま》神社の境内で一昼夜に千六百句を詠み、『西鶴俳諧大句数《おおくかず》』として出版した。この本の前書きで西鶴は、

「天下の大矢数は、星野勘左衛門、其《その》名万天にかくれなし。今又俳諧の大句数初めて、我口拍子にまかせ、一夜一日の内、執筆に息もつがせず……」

と書いている。つまり、三十三間堂の通し矢に見立てて、そう命名したというわけだ。

「その日、数百人の連衆が耳をつぶした。どうだ、この記録は抜けまい」

と自慢したが、その半年後には月松軒紀子《げっしょうけんきし》という俳諧師が千八百句を詠み、記録を破られてしまう。翌々年には大淀三千風《おおよどみちかぜ》が三千句を詠んで『仙台大矢数』として出版した。だが、負けず嫌いの西鶴はその翌年、一挙に四千句を独吟してほかの連中を大きく引き離した。そして、その四年後、すでに『好色一代男』を出して浮世草子作家に転身していた西鶴だが、なんと住吉大社において一昼夜に二万三千五百句を詠んだ。とんでもない数で、もちろんだれもこの記録を破れるはずもなく、結局そのあと矢数俳諧は下火になっていった……。

「西鶴があまりにすげえ数を詠んじまったんで、矢数俳諧もあとが続かなくなり、近頃は通し矢の大矢数同様流行《はや》らなくなってるって聞いてたが、またぞろおっぱじめようってのか」

丶大法師が、

「西鶴の門人で阿蘭陀流を受け継いだ山村東鶴《やまむらとうかく》という俳諧師が二万三千五百一句に挑み、三河国作手《みかわのくにつくで》の早良《さわら》家家臣で太田原十内という弓術の名人が八千百三十四本に挑むそうだ。それを紀伊国屋文左衛門と宝井其角《たからいきかく》が後押しして、興行ごとに仕立て上げるらしい」

紀文大尽《きぶんだいじん》こと紀伊国屋文左衛門は紀州出身の豪商である。今は江戸で材木問屋を営んでいる。大坂の淀屋辰五郎《よどやたつごろう》ほどではないが、たいへんな金満家であり、また、遊び好きでもある。また、宝井其角は芭蕉《ばしょう》の高弟で、その作風は江戸座《えどざ》と呼ばれて人気を博し、今の俳諧界に君臨していると言ってもいい。

「矢数俳諧の興行に検分役として潜り込むために、わしも付け焼刃で俳諧を学んだが、無駄になってしまったわい。できたのは駄句ばかりだ」

信乃が笑いながら、

「『秋風のなかを歩くや犬坊主』というのはなかなかの出来でございました」

「ははは……申してくれるな。もう忘れたわい」

そう言って丶大法師は頭をつるりと撫でた。左母二郎がふと思いついたように、

「おい、その発句《ほっく》、どこで作ったものか当ててやろうか」

「ほう……わかるか」

「ああ、たぶんな。——下総国《しもうさのくに》だろう」

丶大法師と信乃は顔を見合わせた。船虫が、

「どうしてだい？　どこにもそんなこと出てこないじゃないか」

丶大は、うーん……と呻《うめ》き、

「ようわかったな」

左母二郎はにやっとして、

「下総のどこかも当ててやるぜ。——犬吠埼《いぬぼうさき》だな」

「そのとおりだ。なにゆえわかった」

「そりゃあわからあね。下総にある犬のついた地名といやあ犬吠埼だろう。それにおめえは、名前に丶大とつけるぐらいで、判じ物が好きだ」

船虫が、

「それだけかい？」

「いや、今の発句のなかにちゃんと入ってるのさ。秋風のなかを歩くや犬坊主……犬坊主、秋……犬吠埼じゃねえか」

　並四郎がうれしそうに、

「あ、なーるほど。いつもながら左母やんは頭の回りが速いわ。わてには負けるけどな」

　丶大法師は感心したように、

「うーむ……この句の趣向を見破ったのはおまえがはじめてだ。しかも、聞いてすぐに解くとはのう……」

　犬塚信乃も、

「私も驚きました」

　丶大はしばらく考えていたが、

「信乃、例の矢数俳諧の一件、このものたちに任せてみてはどうかな」

「なんですって？　彼らは盗人ですよ」

「小悪をもって大悪を倒すのだ。蛇《じゃ》の道は蛇《へび》と申す。悪党のことは悪党がいちばんよくわかっていよう」

「…………」

「しかも、左母二郎は相当腕が立つ。わしよりもうえであろう。そのうえ今見たとおり頭も切れる。並四郎は身が軽く、七方出の術も心得ており、大胆な盗みもできる。このふたりにあの件の裏側を探らせようではないか」

「なるほど、よい思案かもしれませぬ」

　左母二郎が、

「おいおい、なにをごちょごちょ言ってやがるんでえ。てめえたちだけで勝手に決めるな」

　丶大が左母二郎に向き直り、

「これはすまなかった。じつは、さきほど申した通し矢と矢数俳諧の興行……どうも裏がありそうなのだ。われらは水晶玉のことで首を突っ込んだのだが、見込み違いだったゆえ手を引かねばならぬ。しかし、不正を看過するわけにもいかぬ。と申して、町奉行所にはわれらのことを知られたくはない。一度は関わったことなのに、悪事が行われているらしいと気づきながら放っておくのもやましい気になる。どうしたものか……と思うていたところなのだ。――どうだ、わしらに手を貸さんか。もちろんタダでとは言わぬ。金は出す。わしらに代わって、興行の裏側、探ってはもらえぬか」

　左母二郎は即座に、

「おことわりだね。俺ぁ忙しいんだ」

　並四郎が、

「そやそや。わてらはこう見えてめっちゃ忙しいでえ」

　船虫が鼻で笑って、

「なに言ってんだい。毎日欠伸《あくび》ばかりしてるくせに」

丶大法師が、

「なにゆえだ。どうせすることもなくぶらぶらしておるのだろう。暇つぶしになって、そのうえふところも温かくなる。一石二鳥ではないか。捕まるかもしれぬ切り取り強盗や盗人をするより、ずっと楽だぞ」

「おう、俺たちを軽く見るんじゃねえぜ。俺ぁガキのころから貧乏育ちで、金のありがたみは十分わかってるつもりだが、それと自由を取っ替えるつもりはねえのさ。俺ぁひとさまから指図されるのが大《だい》っ嫌《きれ》えなんだ。だから、仕官もせずにこうして浪人してるのさ。おめえらから金を受け取ったら、おめえらが俺の雇い主てえことになる。それは自由を手放すことにならあ」

「ほほう……」

丶大は大きくうなずいた。並四郎が横合いから、

「わてもそやで。盗人には盗人の誇りちゅうもんがある。わては、これ、と決めたものを盗むためにいろいろ知恵を絞って、策略を練って、ようようそれを盗み出したときの喜びのために生きとるのや。けど、ひとさまが大事にしとるものをいただくことにやましさもある。せやさかい、わては盗んだ金でしか暮らさん、と決めとるのや。それが盗人を生業《なりわい》としとるわてだけの掟《おきて》でな、あんたらから金をもらうわけにはいかんのや」

船虫も、

「あたしもねえ、やりたいときにやりたいことをやる、っていう生き方に慣れちまったのさ。金は喉から手が出るほど欲しいけど、それは自分の才覚でなんとかするさ」

「うーむ、参った。悪党には悪党なりの考え方があるのだな」

「ああ、そういうこった。悪いがよそを当たってくんな」

犬塚信乃が眉根を寄せ、

「そんなことを言ってもよいのですか。私たちは並四郎さんがかもめ小僧であることも、だいたいどのあたりに住んでおられるかも知っているのですよ。お上に届け出たらどうなるでしょうね」

左母二郎が顔を歪《ゆが》めて、

「おうおう、てめえ、悪党をゆすろうってえのか！　てめえの方がずっと悪党じゃねえか」

「なんですって？　あなたのような不逞《ふてい》の浪人の居所もお上は知りたがっているはず……」

「なんだと、この野郎！」

「なんです、もう一度屋根に上がりましょうか！」

、大法師が信乃を制して、

「まあ、待て。これはわしの申し出の仕方が悪かった。――では、こういうのはどうだ。わしらは、おまえたちに指図はせぬ。おまえたちは勝手に通し矢と矢数俳諧の興行に探りをいれてくれ。その途上で、後ろ暗い金が動いていることがわかったら、左母二郎、おまえはそれを脅し取ってもかまわぬ。また、興行の景物だという水晶玉や勝者が受け取る賞金が会場に置かれているはずだが、並四郎、おまえはそれを盗んでもよい」

信乃が血相を変えて、

「法師殿、悪事をそそのかしてはなりませぬ。それではわれらが悪事に加担したことになりまする」

「あの興行の裏になにごとか企みがあるならば、それを暴くことは善である。多少の盗みや脅しは許されよう」

「三千両が多少でしょうか……」

「固いことを申すな。悪に強きは善にも……というではないか」

「面白《おもしれ》え」

左母二郎が手を打った。

「つまり、俺たちはいつもどおりにしてりゃあいいんだな。おめえらから金はもらわねえ。俺たちは好きにさせてもらう。そうしたら、おめえらの得にもなる。たがいに万々歳てえわけだ」

並四郎も、

「盗むのが盗人の本分や。それならやらせてもらいまひょ。なあ、左母やん」

「そうだな。いろいろ知られちまったからにゃあ、このへんが落としどころだろうぜ」

「ありがたい。では、興行の件について詳しいことを……」

「ちょっと待った」

船虫が言った。

「あたしゃさっきからずっと気になってることがあるんだけどね、きいてもいいかい？」

「なんだ」

「あんたたちのことはわかったけどさ、あんたたちの親玉……さっき言ってた『さるお方』ってのはどこのどいつなんだい」

「それを聞いてどうする」

「これからあんたたちと深いお付き合いになるまえに、あんたたちがだれの指図で動いているのか知っておかないとやりにくいだろ？　あとで聞いて、ああ、しまった、引き受けるんじゃなかった、と後悔したくないからねえ。仕事が終わったあとで、そいつが、『あいつらを召し捕れ』と言い出すかもしれない。そのあたりを見極めるためにもね……」

並四郎が、

「そやなあ。『八犬士』とやらを集めて、水晶玉の数珠を探させるやなんて、よほどの変わりものやわなあ」

左母二郎が、

「それに、いつか俺たちもそいつに会うことがあるかもしれねえ」

ヽ大法師が苦笑して、

「心配いらぬ。おまえたちがそのお方に会うことはありえぬ」

「そんなこたあわからねえぜ。——さあ、教えてもらおうか」

ヽ大法師と犬塚信乃は顔を見合わせた。そしてヽ大が、

「それは……言えぬ」

「どうしてだ」

「軽々しく名を出せぬお方なのだ。おまえたちの口からそのお方の名がよそに漏れると困る」

左母二郎は舌打ちをして、

「悪党仲間にゃあ悪党仲間の仁義ってもんがあるんだ。俺ぁたとえ白刃突き付けられても、膝に石載せられても、火あぶりになっても、おめえらの親玉の名を決して漏らしたりはしねえよ。たとえそいつがどんな大悪党だとしても、な。——言ってくれねえなら、

さっきの話はご破算だ」

ゝ大法師は長いあいだ考え込んでいたが、酒をぐいと飲み干し、

「わかった。言おう」

「法師殿！」

信乃がかぶりを振ったが、

「わしはこのものたちの『悪党の仁義』を信ずることにした。信乃、おまえも信じてみぬか」

「そう申されても……」

「どうだ、この三人の面構え。ほれぼれするような悪党面ではないか。わしはこやつらに賭けてみようと思う。なんぞ失態が起これば、わしが責めを負う。この腹切ればそれでよいのであろう」

信乃はため息をつき、

「承知つかまつりました。法師殿がそこまでおっしゃるのならば、私も肯《うけが》いましょう」

「よくぞ申してくれた」

ゝ大法師は左母二郎たちに向かって、

「では、わしと八犬士が仕えておるお方の名を打ち明けよう」

「もったいつけんなよ。とっとと言っちめえ」

丶大は、声を一段低くすると、

「犬公方《いぬくぼう》、徳川綱吉《つなよし》公にあらせられる」

三人はのけぞった。

「今からわれらがなにゆえここ大坂の地に参ったか、そのわけを説いて聞かさん」

丶大法師はそう前置きして話をはじめた。

◇

話は少しさかのぼる。

元号が貞享《じょうきょう》から元禄《げんろく》に相改まり十四年。あの凄惨な大坂の役で豊臣《とよとみ》家が滅んでからすでに九十年近くが経《た》ち、島原《しまばら》での切支丹《キリシタン》の蜂起や由井正雪《ゆいしょうせつ》一派の謀反《むほん》なども昔語りとなった。近年は国内での干戈《かんか》もなく、諸大名もそれぞれの思惑があっても将軍家の威光のまえに臣下として君臣の礼を取る以外の道はなく、徳川の天下は盤石のように思われた。

だが、盤石そうなものほど脆《もろ》い。一見太平に見える世の中にじわじわと暗雲が立ち込めていることを知るものは少なかった。

江戸城の二の丸にある広大な庭園に、五代将軍徳川綱吉がぼんやりと立っていた。見渡すかぎりの青い芝生はまるで海のようだ。そのなかに植木職人が丹誠込めたさまざまな花が咲いている。今の時期はそろそろ牡丹《ぼたん》が咲き始める頃合いだ。綱吉は白牡丹に歩み寄った。その大きな花が風もないのに揺れたからである。身体をかがめて花の根のあたりを見た綱吉の顔が思わずほころんだ。

「なんだ、こんなところに隠れていたか」

その言葉に応えるように、一匹の子犬がぴょいと飛び出した。綱吉はその子犬を両手で持ち上げながら後ろ向きに寝転んだ。

「あっはははは……かわゆいのう、おまえは！　あはははは……」

でれでれと目じりを下げ、子犬を撫でさする。子犬の方も綱吉が好きらしく、その鼻をぺろぺろなめている。

「うっははは……高い高いをしてやろう。高い高い……！」

綱吉は鞠《まり》ほどの大きさのその子犬を何度も高く持ち上げては下ろした。将軍職に就いてから長い年月を経て、おのれの政治力に自信もついてきた。館林《たてばやし》の一大名に過ぎなかった綱吉が、天運によって将軍になったときはじめて成したことは、佞臣《ねいしん》を排し、才能のあるものを抜擢《ばってき》することだった。あれから二十一年……今、綱吉は、優秀な家臣たちに囲まれており、天下は安定している。綱吉が、自分の業績のなかでもっとも気に入っているものは、「生類憐みの令」の公布だった。

綱吉は生きもの好きだった。とくに犬が好きだが、猫も鳥も牛も馬も魚も同じように愛した。万物の長たる人間が、ほかの生きものを慈しみ、守り、育てるのは当たり前ではないか。これまでの徳川将軍たちは、家臣や諸大名や民衆を慈しんだが、

（余の慈愛は、人間ばかりではなく、ほかの生きものたちにも及ぶのだ。そんなことをした将軍はおらぬ……）

それが綱吉の自慢だった。だから、暇さえあればひとりで庭に出て、犬や猫と遊んでいる。細かな政《まつりごと》は信頼できる家臣たちがやってくれている。将軍がこうして犬と戯れることができる世の中こそが「平和」ではないか。

（民百姓たちもさぞ、あの法令を喜んでおるだろう……）

あるとき綱吉は、庶民が彼のことを、

「犬公方」

と呼んでいる、と知った。なんと晴れがましい、誇らしいことではないか。その言葉を聞くたびに綱吉は、

（生類憐みの令を出してよかった……）

と思うのだった。「犬公方」という呼び名は、わが政にあやまちはなかった……という証明のようにも感じられた。

そういえば今年の春、朝廷からの勅使を迎える儀式のときに、赤穂《あこう》の大名浅野内匠頭《あさのたくみのかみ》が城内の松の廊下で錯乱し、高家《こうけ》肝煎りの吉良上野介《きらこうずけのすけ》に斬りつけたことがあった。あ

のときはさすがに綱吉も、

（大事な儀式のまえになんということをしてくれたのだ……）

と少しばかり怒ったが、すぐにその怒りも収まった。考えてみれば、政治的な陰謀や謀反があったわけでもなんでもなく、個人同士のちょっとした喧嘩《けんか》が起きただけだ。

「内匠頭を即日切腹させたのは手荒だったかのう……」

綱吉はそうつぶやいたが、やってしまったことはしかたがない。子犬がわんわんと吠えた。

「そうか、おまえもそう思うか」

綱吉は犬に頬ずりした。犬は喜んで短い尾を振っている。

なにも言うことはない。このままの状態がずっと続けばよい。ただ、いくつかの懸念がある。しかも、大きな懸念である。たとえば「あのお方の一件」だ。

（いや……なにも言うまい。あのお方は亡くなられたのだ。心配はいらぬ、はずじゃ……）

そのとき、子犬が綱吉の手首をなめはじめた。綱吉は子犬の顔をしみじみ眺め、「もうひとつの懸念」を思い出した。

「うっふふふ……おまえの飼い主の伏姫《ふせひめ》はどこに行ったのであろうのう、八房《やつふさ》……」

子犬はなおも手首をなめまくる。

「こ、これ、くすぐったいではないか。やめぬか……ぶひゃひゃひゃひゃひゃひゃ！」

綱吉が涙を流しながら笑い転げていると、

「上さま……」

いつの間に来ていたのか、側用人《そばようにん》の柳沢保明《やなぎさわやすあき》がすぐ近くから声をかけた。綱吉は突然、だらしなくニヤケていた顔を引き締め、

「む……保明、来ておったのか」

「はい、先刻より……」

「見ておったか」

「はい……」

綱吉は照れ隠しに咳払《せきばら》いをして、

「近頃、政務が繁多であったゆえ、犬と戯れて気晴らしをしておったのじゃ」

「さようお見受けいたしましたので、お声をかけるのをためらっておりました」

「して、なにごとじゃ」

「八犬士が参りましたので、お目通りを、と思いまして……」

「うむ、ついにそろうたか……」

綱吉は威厳を繕い、ゆっくりと振り向いた。そこには、八名の男女が半円形に座していた。

「このものたちが八犬士でございます。上さまにご挨拶申し上げるのだ」

ひと癖もふた癖もありそうなものたちが顔を上げた。振袖を着、色白で端整、目つきは優しく、唇も桃色で小さい、女が言った。

「犬塚信乃戍孝《もりたか》と申します」

芝居でいう石川五右衛門《いしかわごえもん》の大百日鬘《おおびゃくにちかつら》のように髪を結いあげ、鎖帷子《くさりかたびら》を着込んだ侍が言った。

「犬山道節忠与《どうせつただとも》でござる」

どこにでもいるような平凡な顔立ちながら、そのなかに厳しく、一徹なものを秘めた侍が言った。

「犬川額蔵義任《いぬかわがくぞうよしとう》でございます」

でっぷりと太った相撲取りのような体格で、肩も胸も筋肉が盛り上がっている侍が言った。

「犬田小文吾悌順《いぬたこぶんごやすより》でごんざります」

太い眉毛にぎょろりとした眼《まなこ》、一文字に引き締まった唇……という凜々《りり》しい顔の侍が言った。

「犬飼現八信道《げんぱちのぶみち》でございます」

髪を総髪にし、神官か陰陽師《おんみようじ》がまとうような衣服を着た侍が言った。

「犬村角太郎礼儀《いぬむらかくたろうまさのり》と申すものにございます」

忍びのもののような褐色の衣装を着、細身の刀を腰に差した女が言った。

「犬坂毛野胤智《いぬさかけのたねとも》と申します」

そして、最後にまだ十歳にもなっていないと思われるこどもが言った。

「犬江親兵衛仁《いぬえしんべえまさし》でございます」

徳川綱吉はいちいちうなずいたあと、不審げに保明に言った。

「余は八人の侍を集めよ、と申したはず。女子がふたりもおるのはなにゆえだ」

保明は笑って、

「な、なに?」

「犬塚信乃と犬坂毛野はれっきとした男でございます」

綱吉はふたりの顔をしげしげと見たあと、咳払いをして、

「うむ……皆のもの、ご苦労である。その方たちは『犬公方』である余が子飼いにした飼い犬……八犬士である。今日より余のために働いてくれい」

一同は頭を下げた。

八犬士は、綱吉の命によって柳沢保明が全国から選《え》りすぐった八名の侍である。

もともと綱吉は、将軍職に就くとは思ってもいなかった。館林の一大名として終わるはずだった。しかしそれがいくつもの偶然が重なり、こうして日本の国を統《す》べる征夷《せいい》

大将軍《たいしょうぐん》になったのだ。そうなると、いろいろなことが見えてくる。忠誠を口にしている大名たちの嘘《うそ》、政を司《つかさど》っている老中、若年寄たちの嘘、世継ぎを産みたいと思っている大奥の女たちの嘘、武家を疎んじながらも体面を取り繕おうとしている公家衆の嘘……。

そういう事柄は、お庭番や隠密を使ってもわからない。なぜならお庭番や隠密も今では世襲の役目となっていて、つまりは宮仕えの身である。なにかあれば保身に走る。将軍のためだけに働き、老中や若年寄などの言うことは一切聞かずともよい。お庭番などよりも自由に使うことができる……そういう若者たちを集めよ、と綱吉は柳沢保明に命じた。綱吉が出した条件はただひとつ、苗字に犬の字が入っている、ということだけだ。犬好きの綱吉がそう望んだのである。そのため柳沢保明は人選にたいへん苦労をした。そして、武術の腕も知力も優れた個性ある、そして犬の字のついた八人を見出《みいだ》し、めでたく今日のおひろめとなったのだ。

「さっそくだが皆に頼みたいことがある。余の心労のこと、聞いてくれていると思うが……余の娘に伏姫と申すものがおる。その行方がわからぬのじゃ」

綱吉は、御台所《みだいどころ》（正室）である鷹司信子《たかつかさのぶこ》とのあいだには子がなかった。側室であるお伝《でん》とのあいだに、鶴姫《つるひめ》と徳松《とくまつ》という一男一女をもうけたが、徳松は五歳で夭折《ようせつ》した。ほかの側室ふたりとのあいだにも子は生まれなかった。しかし、じつは綱吉が気まぐれに手をつけた御台所付き奥女中のひとりが身ごもっていたのだ。

珠《たま》というその奥女中はお目見得以下の身分だったが、綱吉以外には懐妊のことをひた隠しにした。御台所の信子は異常に嫉妬深く、綱吉の子を宿したことがわかったら殺されるかもしれない、と危惧したのだ。実際、世継ぎである徳松を産んだ伝と御台所の仲はたいへん悪く、御台所が徳松を毒殺したのではないか、という噂《うわさ》が流れていた。綱吉もまた、信子をはばかって表向きにしようとはしなかった。御台所の性格をよく知っていたからである。綱吉は珠に、書き付けと手もとにあった八つの水晶玉をつなげた数珠のようなものを渡し、折を見て公にせよ、と告げた。水晶玉にはそれぞれに、仁、義、礼、智、忠、信、孝、悌……と書かれていた。

珠は、宿下がりをしたときにひそかに女児を産み、伏《ふせ》と名付けた。病気を理由に暇をもらった珠は、実家で伏を育てていたが、伏が八歳のとき、珠の両親も珠も流行り病で相次いで世を去り、伏ひとりが生き残った。町名主が家のなかを片付けているときに、書き付けと水晶玉を見つけたのである。書き付けには、伏は将軍綱吉の胤《たね》である、と書かれていた。

仰天した町名主は、町年寄を通じて江戸城にそのことを知らせた。側用人柳沢保明が綱吉に耳打ちし、綱吉はすべてを認めた。そこではじめて珠が綱吉の娘を産んだとわかったのである。

綱吉は伏を引き取り、養育するつもりだった。しかし、城からの使者と迎えの駕籠が珠の住まいに到着したとき、そこに伏の姿はなかった。残されていたのは、

おおさかのじいのところにいく

という手紙と、伏が可愛《かわい》がっていた八房という子犬だった。だが、だれにきいても、その「おおさかのじい」なるものがだれなのかわからぬ。大家も、珠とその両親に大坂に親類がいるとは聞いていないという。綱吉は頭を抱えたが、それ以上のことはいくら調べてもわからないのだ。

「皆のものに命ずる。大坂に赴き、伏を探すのじゃ。よいな。連絡《つなぎ》をつける役は……」

柳沢保明が、

「金碗大輔が適任かと……」

「おお、お犬坊主か。よかろう」

お犬坊主というのは江戸城内で犬の世話をする係である。

「恐れながら……」

犬山道節がおずおずと、

「上さま……伏姫さまはどのようなお顔立ちなのでございますか」

「知らぬ」

「え……？」

「余が知るはずなかろう。会《お》うたことがないのじゃ。祖父母も珠も死んでしもうたゆえ、伏の人相などはほとんどわからぬ」

「なれど、近所のものや大家などは知っておりましょう」

「一応聞き取りはしたが、他人のことゆえ、きちんと顔立ちなどを語れるものはいなかったようじゃ。人相書きも作った。あまり役には立つまいが、あとで渡そう」

犬川額蔵が、

「では、伏姫さまの手がかりはなにもないので？」

「いや……ないこともない」

柳沢保明が、

「伏姫さまのお住まいにあったはずの水晶玉の数珠がなくなっていた。おそらく姫さまはそれをお持ちだと思う」

「それだけでござるか」

「それだけだ。それでも探し出せ。おまえたちは八犬士だろう。犬のように嗅ぎまわって探すのだ！」

「無茶なことを……。せめて、大坂のどのあたりにおられるのか、ぐらいわかりませせぬか」

　綱吉がニタッと笑い、

「そのことなら余に考えがある」

「おお、さすがは上さま！　どのようなお考えでございましょう」

　八犬士たちは目を輝かせて綱吉の答を待った。

「占いじゃ」

「う、占い……？」

「うむ。その方たちも名を聞いたことがあるだろう。駿河《するが》台《だい》成満院《じょうまんいん》の僧隆光《りゅうこう》大僧正じゃ。このものの占いがまた、よう当たるのじゃ」

「さ、さようで……」

　綱吉は柳沢保明を振り返り、

「すぐに隆光に登城を命じよ。占いをさせるのじゃ」

「隆光でございますか……」

　保明は顔をしかめた。

「上さま、あのものは信用なりませぬ。あまり重くお用いにならぬ方がよろしいかと……」

「その方と隆光の仲が悪いのは知っておる。なれど、あのものの法力はたしかじゃ。早う呼べ」

「ははっ」

保明は頭を下げた。

◇

護摩壇《ごまだん》に山火事のようにごうごうと火が燃えている。その火に照らされ、中央に座した恰幅《かっぷく》のいい僧の顔がてらてらと光って溶けた鋼《はがね》のように見える。新義真言宗《しんぎしんごん》の傑僧隆光である。左手に独鈷鉤《とっここう》を、右手に長い数珠を持っている。隆光の両脇には十名の僧が並び、同じように護摩壇に対峙《たいじ》している。

ここは、二の丸の御座之間《ござのま》である。柳沢保明の使いから話を聞いたとき、隆光は「たやすいこと」と即座に引き受け、江戸城にやってきた。しかし、しばらく呪《じゅ》を唱えたあとに首を傾げ、綱吉に向かって、

「不審がござる」

「なにがだ」

「なにものかが祈禱《きとう》を邪魔しておりまする。見えるはずのものが見えぬ」

「見えるはずのものとは？」

「大坂の様子でござる。黒い雲がかかったかのように、見通しがききませぬ」

「ふーむ……。では、いかがいたす」

「愚僧も大僧正の位を持つもの。このままでは引き下がれぬ。どんな狐狸《こり》妖怪の類のしわざであろうと、わが法力をもって真実見届ける所存……」

そして、ひとりでは対処できぬ案件と考えた隆光は、弟子たちを呼び寄せたのである。

「ナウボバギャバテイ・タレイロキャ・ハラチビシシュダヤ・ボウダヤ・バギャバテイ。タニャタ・オン・ビシュダヤ・ビシュダヤ・サマサンマンタ・ババシャソハランダギャチギャガナウ・ソハバンバ・ビシュデイ……」

隆光と弟子たちは、尊勝仏頂仏母陀羅尼《そんしょうぶっちょうぶつもだらに》を一心に唱えている。文言はすべてぴたりと重なり、抑揚まで同じだ。まるでひとりの人間が読経しているかのように一糸乱れぬ。

「アビシンシャトマン・ソギャタバラバシャナウ・アミリタ・ビセイケイマカマンダラハダイ・アカラアカラ……」

声に熱がこもり出した。隆光は全身に汗をかいており、分厚い僧衣が川にでも落ちたかのようにびっしょり濡《ぬ》れている。彼らの後ろには、綱吉と柳沢保明、それに八犬士の面々が勢ぞろいして、興味深げに祈禱の様子を見つめている。

「かれこれもう一刻《とき》（約二時間）も続けておるのう」

綱吉が小さな声で言った。柳沢保明が、

「だから申したのです。あのものはわざとことを大げさに運び、上さまの信用を得ようとしているのです。いったいいつまでかかるのやら……」

「む……待て。そろそろ終わりのようだぞ」

やがて、隆光は立ち上がると、護摩壇に向かって独鈷鉤を突き出し、

「尊勝仏頂よ、伏姫さまの居場所を教えよ！　大坂のいずれにおられるのか、我に示せ！」

そのとき。

突然、炎が天井まで噴き上がった。まるで一本の赤い巨木がそこに屹立《きつりつ》したかのようだった。炎は生きているかのごとく前後左右に這いずりだし、めらめらと天井を焦がした。

「上さま……早うお逃げなされませ！」

濛々《もうもう》たる煙のなか、柳沢保明に抱えられ、綱吉は八犬士とともに御座之間から外に出た。しかし、隆光はたじろがず、独鈷鉤を炎目掛けて投げつけた。炎は槍で刺された獣のようにのたうち、周囲に広がった。若い僧たちのうち数人が熱風で倒れた。

「ひるむな！　陀羅尼を唱えよ！」

隆光はそう叱咤《しった》すると、おのれも炎に囲まれながらも尊勝陀羅尼を誦《じゅ》した。

「アユサンダラニ・シュダヤシュダヤ・ギャギャナウビシュデイ・ウシュニシャビジャヤ……」

一瞬、炎のなかになにかが蠢《うごめ》くのが見えた。髪の毛を振り乱した、化け物のような老人の姿である。恐怖のあまり、隆光は後ずさりをした。紅蓮《ぐれん》の舌が彼に巻きつこうとしたそのとき、護摩壇が崩壊した。途端、炎は消滅し、あとには黒焦げになった護摩壇の残骸が残った。

◇

結局、御座之間の一部が焼けただけで、火災は沈静化した。綱吉は小書院で隆光と対面していた。柳沢保明と八犬士も同席している。

「えらい目に遭《お》うたわい」

開口一番、綱吉はそう言った。すでに綱吉は奥医師によって、煙も吸っておらず、やけどもしていない、と診断を受けていた。

「お怪我もなく、なによりでございまする」

そう言った隆光の顔はなぜか青ざめていた。

「して、伏姫は大坂のいずこにおるか、わかったか？」

隆光は無言のまま答えなかった。

「いかがした、隆光」

「この隆光、法力を尽くして占いましたが、残念ながらなぜか大坂の地だけ門が閉じたようで、なにも見えませなんだ。それを無理矢理こじ開けようとしたると……」

隆光は言葉を震わせ、

「上さま……恐れながら申し上げます。伏姫さまの居場所を占うつもりが、思いがけぬことがわかりました」

「なに？」

「浪花の地に近々変がある、と思われます」

「変？　変とはなんじゃ」

「わかりかねます。大火か大地震《おおない》か津波か、それとも打ち壊しや一揆《いっき》、謀反の類かも……」

「ううむ……」

綱吉は腕組みをして、

「大坂城代と大坂町奉行にこのことを報《しら》せたほうがよいか……」

柳沢保明が、

「いえ、上さま。当たるも八卦《はっけ》、当たらぬも八卦と申します。いい加減な占いを信じて、あとで恥をかくよりはもう少しなにが起こるのかを見極めてからの方がよろしいかと……」

隆光が保明に向き直り、

「なにを申される、出羽殿《でわ》。拙僧はただの八卦見ではないぞ。拙僧が『変がある』と申さばかならず変があるのだ」

「では、いかなる変事か」

「そ、それは……」

「答えられぬならば、いたずらに不穏をあおるべきにあらず。しかも、その変とやらに、大坂城代や大坂町奉行、またはその家臣たちが関わっていないとは限らぬ。いや、それがたいへんな異変であればあるほど、関わっている、と考えた方が自然《じねん》であろう。もし、そうだとしたら、うかつに城代や町奉行に知らせると、こちらの手の内をさらけ出すことになる。そんなこともわからぬのか」

「なに？　いかに上さまご寵愛《ちょうあい》の側用人とて、無礼な文言、許すわけにはいかぬぞ！」

「浪花の地に変事あり、という占いが出たくらいでうろたえ騒ぐとは笑止。徳川の天下は盤石なり」

「し、しかし、前もって策を講じるための占いではないか」

綱吉が呆れて割って入り、

「まあまあ、両名ともいきり立つな。今のところはまだなにも起きてはおらぬ」

保明は隆光を無視して、

「――上さま、ここはしばらく、八犬士に伏姫さまの探索のかたわら、大坂の地になにごとかが起こらんとしているのか、それともただの杞憂《きゆう》かを見極めさせるべきかと……」

「それもそうじゃな。かかるときにこそ八犬士のような身分が役に立つ。——相わかった、保明、大坂城代や町奉行には知らせず、ひそかに動け」

保明は八人に向かって、

「上さまのお言葉、しかと承ったか。——行け、八犬士よ」

八人の侍たちは一斉に頭を下げた。

◇

「ふーむ、そんなわけがあったとはな……」

左母二郎が言うと並四郎が、

「左母やん、今の話、信じるんか？　わてにはとてもほんまのこととは思えんわ」

「どうして？」

「そやかて、公方さまゆうたら日本で一番えらいお方やで。そのお方の直《じか》の手下がこの坊さんと女形やなんて……おもろすぎるやないか」

「どんなことでも面白え方がいいだろう。かりに今の話がただの嘘っぱちだったとしても、俺たちにゃあなんの損もねえ。こいつらは、金も出さねえってんだから、俺たちが決めりゃいいことさ。やりたければやる、やりたくなけりゃやらねえ。それだけだ」

「そらそやけど……それに、大坂に変がある、やなんて……空見たけど、なにごともなさそうやで」

「日和《ひより》と異変が一緒になるけえ。――船虫、おめえはどう思う」

「やればいいと思うよ。なんだか楽しそうだし……それにさ、かもめ」

船虫は並四郎に向き直り、

「このひとたちに上手くつなぎをつけときゃ、あんたがまえに言ってた、ほら、お江戸のお城に忍び込んでご金蔵から千両箱を盗むってときに役に立つかもよ」

「こ、こ、こら！　バラしたらあかんやないか！」

犬塚信乃がはったと並四郎をにらみ、

「そのような不届きなことを企んでいたのか！　法師殿、やはりこやつらと関わるのはやめた方がよいのでは」

しかし、大法師はからからと笑い、

「はっはっはっはっ……千代田《ちよだ》の城に盗みに入ろうとは、大坂城の金のしゃちほこを盗まんとした石川五右衛門にも勝る豪胆さではないか。愉快愉快。――かかる肝の太き連中がこの泰平の世にもおったとはのう……。信乃、おまえも八犬士の一員ならば、これぐらいの悪党はひと飲みにしてしまうほどの度量を持つがよい」

信乃は小汗をかきながら顔を赤くして、

「ははっ……申し訳ございません」

「謝ることはない。では、おまえも承知でよいのだな」

「法師殿の仰せにしたがいまする」

「うむ……」

丶大は左母二郎たちに、

「聞いてのとおりだ。――では、ことの経緯をお話し申し上げん。さきほども申したが、ここなる犬塚信乃が江戸より綱吉公の密命を受けて当地へ参りしとき、西鶴の門人で阿蘭陀流二世を名乗る東鶴と申す俳諧師と三河国作手の早良家弓術指南役太田原十内が大矢数の興行を催すこと、江戸の紀文大尽がその後ろ盾となると言い出したことなどを聞いたのだ」

「紀文ゆうのも物好きなやっちゃなあ」

「そして、此度の勝負に勝った側が受け取る賞金は三千両だそうだ」

「さ、さ、さ、三千両！」

桁外れの額に並四郎が目を回した。

「そそそそらすごい。欲しい欲しい！」

船虫が、

「たしか二万三千五百一句って言ってたよねえ。どんなに早口でも間に合わない。いろはにほへと……って言い続けるだけでもたいへんじゃないか。ほんとだったらすごいねえ」

左母二郎はなにも言わなかったが、かすかに右眉を動かした。並四郎が、

「で、あんたらの言うその興行の裏ちゅうのはどういうこっちゃ」

「うむ、それはだな……」

丶大法師は話をはじめた。

三

早良伯耆守義明《ほうきのかみよしあき》は、三河国作手一万五千石の小大名であり、大坂定番《じょうばん》として京橋口の警護を務めていた。当年三十八歳。大名にしてはさばけた人物であり、大の酒好きで、身分のある武士としては珍しく、料理屋などにみずから出向いて酒を飲むこともあった。もちろん身分を隠し、変名を使って、お忍びでの遊興である。その夜も、天王寺《てんのうじ》にある料理屋「浮瀬亭《うかぶせてい》」の二階の広間で、家臣たちとともに一献かたむけていた。店には大坂町奉行所の与力とその配下、と伝えてある。

「ああ、美味《うま》い！」

早良義明は、大黒柱を背に大盃《おおさかずき》になみなみと注がれた酒を飲み干した。

「さすがの飲みっぷり。我々にはとうていそうは飲めませぬな」

「殿のまえでは酒呑童子《しゅてんどうじ》や猩々《しょうじょう》も裸足《はだし》で逃げ出すのではございませぬか」

「われらも殿のおかげでかかる高名な店に来ることができ、よき目の保養、舌の保養になってございます」

家臣たちのべんちゃらに気を良くして、義明は盃を重ねる。顔はすでに真っ赤で、熟柿《じゅくし》臭い息を吐いている。

「ふふふふ……ようわかっておるではないか。今宵《こよい》はわしのおごりだが、おまえたちもいずれおのれの金でこの店に来られるようになれ」

浮瀬亭は大坂一の料亭であり、多くの文人墨客が集まる店として名高く、松尾《まつお》芭蕉も亡くなるまえにここで句会を催している。

「いやあ、我々は何回生まれ変わってもそんな身にはなれますまい。まことに殿のおかげでございます」

「はっはっは、そうか。何回生まれ変わってもか。はっはっはっ……」

上機嫌であるが、周りのものたちははらはらしながら義明の様子を見ていた。いたって好人物ではあるが、いささか酒乱の気があり、皆はそれをよく知っていたのだ。

「うーい……ところで山中《やまなか》」

義明は、淡々と酒を飲んでいたひとりの男に話しかけた。山中というその人物は、義明が国表《くにおもて》から連れてきた家臣ではなく、大坂弓奉行付き同心である。弓奉行は大坂城内の弓矢を管理する務めであり、大坂鉄砲奉行、大坂具足奉行などとともに大坂定番の監督下にあった。

「その方も弓奉行付き同心を代々拝命する家柄なれば、かなりの弓取りであろう。流儀はなんだ」

「はい、日置《へき》流竹林《ちくりん》派に学びました」

「そうか、ならば太田原十内を存じおるか」

「もちろんです。かつて三十三間堂の通し矢で一万本のうち七千九百九十本を通したとか……」

「ふっふっふっ……存じておったか。太田原はわが早良家の家臣でのう、今は堂島《どうじま》の蔵屋敷の蔵役人を務めておるが、まだまだ腕は衰えてはおらぬはずだ」

そらはじまった、と皆は思った。酔ってくると家臣自慢をするのが早良義明の癖であった。

「まあ、星野勘左衛門や和佐大八郎がいかにすぐれていようと、昔の連中だ。八千本を通したなどとうそぶいておるが、まことのことかどうかはわからぬ。そこへいくと、太田原は今の名人だ。今、本朝に太田原ほどの名人はあるまい。おそらくやつがその気になり、ふたたび稽古を積めば、一万本ぐらいの矢を通すはずだ。星野や和佐など、赤子の手をひねるように打ち負かすであろう」

それを聞いて山中はむっとしたらしく、

「星野先生や和佐先生は衆人立ち会いのもとで大矢数を催したのです。まことかどうかわからぬとは、両先生に対して失敬ではありませぬか」

「なんだと？　その方、大名であるわしに文句をつけるのか」

「そうではありませぬが……太田原殿はたしかに名人でござりましょう。なれど、記録のうえでは星野先生や和佐先生には及びませぬ」

「まだ申すか。ならば、今ここに蔵屋敷から太田原を呼び、その方の目のまえで矢を射させようか」

これはいかん、と家臣たちがあいだに入り、

「山中氏、そなたがいかん。言葉に気をつけろ」

「申し訳ありませぬ。尊敬する両先生の記録を嘘だと言われたもので、つい……」

「こちらは一万五千石の主だ。大名だ。たとえぼんくらの酔っ払いでも……」

「なんだと？」

「なんでもございませぬ。――大矢数と申さば、殿、俳諧にも大矢数があるそうですな」

家臣のひとりがかなり強引に話題を変えたが、酩酊《めいてい》している義明はそれに気づかず、

「うははははは。わしは武術、弓術のみならず風流の道にも詳しいぞ。『好色一代男』の井原西鶴が一昼夜に二万余句を詠んだ、というやつであろう」

「さすがは殿、ようご存じで……」

早良義明は盃を口に当てながら、

「だが、あんなものは曲芸だ。阿蘭陀流西鶴という言葉を存じおるか。西鶴の矢数俳諧はいわゆるばされ句というやつで、口から出まかせに吐き出した唾のようなもの。ひとつひとつを見れば取るに足らぬ句ばかりだ。屑をどれだけ集めても屑の山ができるだけだ」

「ほう、これは手厳しい……」

「そこへいくと、芭蕉の句はすばらしいぞ。さすが俳聖と呼ばれるだけのことはある。磨き抜かれて玉のようだ。おまえたちは無学ゆえ知るまいが、芭蕉は亡くなる少しまえにこの店に来て、『此道《このみち》や行人《ゆくひと》なしに秋の暮れ』『此秋は何で年よる雲に鳥』といった有名な句を残しておる」

「ほほう、左様でございますか。俳諧にも通じた殿の風流振りには我々、日頃より感心しておる次第で……」

「芭蕉は、伊賀《いが》の生まれだが、ここ大坂で没したのだ。およそ俳諧師あまたありといえ

ど、芭蕉の右に出るものはひとりもおるまい」

家臣たちがなんと答えてよいやら迷っていると、隣室から、

「へっ、なにを言うとんねん。芭蕉が俳聖やと？　あんな霜枯れたような、景気の悪い句ばっかり詠むやつのどこが偉いねん！」

そんな声が聞こえてきた。

「東鶴さん、あかんあかん。隣に聞こえるて」

「聞こえるように言うとるのや」

「お侍さんのお座敷やないか」

「それがどないした。知らんさかい教えたろ、て思とるだけや」

「東鶴さん、あんた、えらい酔うてるわ。ちょっと外へ出て、風に吹かれて頭冷やしたほうがええ」

「やかましい。芭蕉なんぞうちの師匠の足もとにも及ばんのや。ええい、放さんかい」

隣室との境のふすまが急に開き、顔をタコのように赤くした町人がそこに立っていた。そのうしろには怯《おび》えた表情のもうひとりの町人が首をすくめている。

「なんだ、貴様らは！」

早良義明の家臣たちが立ち上がった。歳は四十代半ばほどの酔った町人は、

「わしはあんたが曲芸と言うたその西鶴の弟子でな、山村東鶴というもんや。阿蘭陀流

二世を名乗っとる。あんた、さっき『ばされ句』やとか屑やとか抜かしとったが、たとえばされ句でも一昼夜で二万三千五百句も詠めると思うか？　飯も食わず、小便にも行かず、不眠不休で句を吐き続けるのやで。あれは人間業《わざ》やない。そんなこともわからんと師匠をけなすさかい、ひと言言うたろうと思たのや」

家臣のひとりが、

「無礼な……このお方をどなたと心得る。畏《おそ》れ多くも……」

「知らんがな。帳場で聞いたら、町奉行所の与力やて言うとった。与力がなんぼのもんじゃい」

「それは仮のお姿、まことは……」

言いかけた家臣を義明は、

「待て……」

と制し、

「では、おまえは西鶴の阿蘭陀流を継いだのだな」

「そや。わしは師匠の阿蘭陀流を誇りに思うとる。一番弟子の団水《だんすい》が阿蘭陀流と呼ばれるのを嫌《きろ》うたさかい、わしが継いだのや」

「ならば、矢数俳諧もできるな」

「え……？」

「阿蘭陀流二世なら大矢数もさぞかし得意であろう。二万三千五百句ぐらいはたやすかろうのう」

東鶴はしばらく黙っていたが、

「お、おう……師匠のうえを行って、二万三千五百一句でも詠んだろうやないか！」

「師匠超えとは大きく出たな。もし、できなかったときはどうする。われら侍ならば腹でも切るところだが、町人は作法も知らず刀も持っておるまい。菜切り包丁でも使うか。はははは……」

東鶴の連れの男が、

「あ、あかんで、東鶴さん。二万三千五百一句やなんて詠めるかいな。あんた、最前、自分で『人間業やない』て言うたやないか。安請け合いしたら、命失《うしの》うてしまうで！」

振り返った東鶴は、

「詠めると思うたさかいそう言うたのや。ほっといてくれ」

そのあと義明に向き直り、

「おう、腹でもなんでも切ったるわい。せやけどな、もしわしが勝ったらどうするんじゃい」

「なに？」

「せやから、わしが二万三千五百一句詠めなんだら命投げ出すけど、首尾よう詠めたらあんたが腹切ってくれるのやろな」

「き、貴様……武士に向かってなんたる雑言。許さぬぞ！」

「なんじゃい。ひとには包丁で腹切れ、言うときながら、おのれはなんにもせんのか。この根性なし、ババたれ、腰抜け武士。だいたい芭蕉なんぞの句を好きや、とか抜かしとるやつは柔弱な、爺《じじ》むさい連中ばかりや。うちの師匠が二万三千五百句詠んだときの発句を知っとるか。『俳諧の息の根止めん大矢数』や。蛙《かわず》がどうしたこうした言うとる蕉門《しょうもん》のやつらにこんな句が詠めるか！」

東鶴が啖呵《たんか》を切ったそのとき、もう一方のふすまが突然開き、

「芭蕉翁の悪口は聞き逃せんなあ」

そこには四十歳ぐらいの、黒い宗匠頭巾をかぶった町人が立っていた。あるかないかわからぬぐらいの細い眉毛にぎょろりとした目、大きな鼻に槍おとがいの男だった。ほかに数名の町人が座って酒を飲んでいた。東鶴が、

「あ、あんたはもしや……」

「宝井其角です。お久しぶりですな、東鶴さん。私はあなたの師匠の西鶴さんには仲良うさせていただき、住吉の大矢数の折も立会人を務めさせていただきましたが……うちの師を悪く言うのは堪忍してもらいたいもんです。ういっひっひっひっ……」

其角は妙な笑い方をした。

「あ……すまなんだ、宗匠。芭蕉翁を悪う言うつもりはなかったのや。このお侍があまりにうちの師匠をけなして芭蕉翁を持ち上げるもんやさかい、つい……」

早良義明は酔眼を大きく広げ、

「其角だと？　芭蕉の高弟の宝晋斎《ほうしんさい》其角か？」

「さようでございます。たまたま大坂に来ておりまして、師匠ゆかりのこの店で翁《おきな》ありし日々を懐かしんでおりますと、なにやら隣室で矢数俳諧のことで言い争う声がしたもので、つい聞き耳を立ててしまいました。私も西鶴さんとは馬が合い、例の大矢数のときも立ち会いをさせてもらったこともあり、どうしたものかと思うて聞いておりましたが、わが師匠の名前が出たもので捨ててもおけず、こうして無粋にもふすまを開けるようなはめになりました。ういっひっひっ……」

「むむ……」

「なれど、こうしてお顔やお身なりを拝見すると、とても町奉行所の与力とは思えませぬ。もそっと身分の高いお方と拝察いたしますが……」

義明はにやりと笑い、

「ふはっはっはっはっ……さすが晋子《しんし》、よくぞ見破った。わしは町奉行所与力にあらず。なんと……な、な、なんと、三河国作手一万五千石の大名にして大坂定番を務める早良義明である」

「ひっひっひっ、やはり……。隠しても隠し切れぬ品の良さ、威厳、風格などからただものではないと思うておりましたが、早良のお殿さまならば納得でございます」

「ふふふ……ふふふふふ……さようかのう」

義明はまんざらでもない様子で顎を撫でた。

「さきほどからのことの次第、隣室にて承っていたところからすれば、ここなる東鶴に二万三千五百一句の矢数俳諧をさせよう、とのことでございましたが、腹を切る切らぬなどとはなはだ物騒。いかがでございましょう、殿さま、この其角にお任せいただけますまいか」

「む……？　なにをしようというのだ」

「殿さまのお家来衆のうちに太田原十内さまとおっしゃる弓の名人がおられ、通し矢でご立派な記録を打ち立てた、と漏れ聞こえてまいりましたが……」

「そのとおりだ。もう少しで和佐大八郎の記録を塗り替えるところであった」

「ならば、東鶴とそのお方を勝負させてみてはいかがでしょう」

「勝負？　太田原に東鶴を射殺《いころ》させるのか？」

「ひひひひ……そうではございません。俳諧と弓矢の違いはあれど、いずれも大矢数に長《た》けたもの同士。たとえば同じ場所で一昼夜のうちに東鶴が二万三千五百一句の記録に挑み、太田原さまが八千百三十四本の通し矢に挑むのです。つまり、日本一を目指すわけです。これまでの記録を一句、一本でも上回ることができたらよし、もし、不首尾に終わればそのものの負け、ということになります」

「ふたりともが日本一になったらどう判じる？」

「先に数を達成した方が勝ち、ということでよいでしょう。ふたりともが数に達することができなければ引き分け、ということで……」

「面白かろう！」

早良はすぐに言った。

「わしはよい。太田原が勝つに決まっておるからな。だが、俳諧師の方はどうだ？」

「わ、わしもやるに決まってる！　かならず勝ってみせるからな！」

其角が、

「それでは決まりということでよろしゅうございますな。近頃、こんなに面白い催しはありません。せっかくですから大いに盛り上げるために、賞金を出しませんか？」

「賞金か。出してもよいが、いかほどだ」

「三千両」

居合わせたものたちは皆驚愕《きょうがく》した。しかし、其角は笑って、

「驚くことはありますまい。早良さまはお大名でいらっしゃる。それくらいの額を言わぬとかえって失礼に当たります。私は東鶴さんの分として三千両を用意しますゆえ、早

良さまも三千両をお支度ください。そして、勝った方が相手の分を取る、ということでいかがで？」

早良義明はやや顔をこわばらせた。大名といってもたかの知れた小大名であり、大坂定番の手当を含めても、その勝手もとは火の車だった。しかし、一介の町人にこう言われては引き下がるわけにはいかぬ。

「たしかにわしは大名だから三千両ごときは屁《へ》でもないが……其角、おまえはどうなのだ。俳諧師ごときにそのような大金が支度できるのか」

「ひっひっひっ……心配はご無用。私は日本橋茅場町《にほんばしかやばちょう》に住もうておりますが、ほど近い深川八幡《ふかがわはちまん》に居を構える紀伊国屋文左衛門さんとは俳諧を通じて仲良うさせていただいております。あのお方は俳名を千山《せんざん》と申されまして、なかなか達者でございますよ」

「紀文といえば大商人《おおあきんど》ではないか……」

「はい。句会の肝煎りをなさるときは私も点者として招かれまする。なのであのお大尽にお願いすれば三千両は用立てていただけるはず……」

「むむ……さようか……」

「殿さまの方に不都合がなければ、これで進めたいと思いまするがいかがでございましょう」

「う……もちろんかまわぬ」

「では、早速、開催場所の選定にかかりたいと思います。私がたまたま大坂に来ていたのもなにかの縁。矢数俳諧の方は、西鶴さんの二万三千五百句のときと同様、不肖、この其角が立会人を務めさせていただきまするが、通し矢の方はいかがなされまするか」

「う……う……そうだな」

義明はしばらく考えたすえ、

「わしが立ち会いをいたそう」

「殿さまがおんみずからですか？　それはよい。催しが華やかになります」

「ほほほほ……そうかそうか」

「かかる勝負、大坂の民がさぞかし熱を込めて肩入れするに違いありませぬ。できるだけ大勢が見物できる場で、皆に見てもらうのがよろしいか、と……。矢数俳諧と通し矢が並んで観覧できるような場所を設けましょう」

「金がかかりはせぬか」

「もちろん木戸銭はたんといただきます。ひ……ひひひひ……」

「木戸銭？　見物料を取ると申すか」

「当たり前でございます。あの西鶴さんも矢数俳諧のときはたいそう見物料を取ったとか聞いておりますが……」

東鶴が、

「うちの師匠はそういうところはきっちりしてはった。木戸銭と、あとで本にするときの銭で、とんとんにしてはったのや」

其角が早良義明に、

「どうでしょう。そのあたりも私にお任せいただければ……殿さまに悪いようにはいたしませぬ」

義明は、

「よしなに頼む」

としか答えようがなかった。

◇

「というようなことがあったらしいのだ……」

丶大《ちゆだい》法師は言った。犬塚信乃が、

「其角が定めた規約では、矢数俳諧の場と通し矢の場のちょうど真ん中に、千両箱を六つと水晶玉をひとつ置いておき、先に数を達成した方がその水晶玉を手にする、ということになっておるそうです。勝負が伯仲したときでも、水晶玉を摑んだ方が勝ち、というわけです。それが、文字の浮かんだ不思議な水晶玉だというので、私はてっきり我々が探しているものだと思い込み、法師殿を江戸から呼び寄せるとともに、探りを入れ始めたのでございますが……その水晶玉は大きさも数珠にするには大きすぎ、浮かんでいる文字も妙な記号のようなもので、つまりは私の早とちりでございました」

網乾左母二郎が、

「で、どのあたりに裏とやらがありそうなんでえ」

「探りを入れる道筋にて、私は東鶴とも太田原十内さまともお会いしましたが、東鶴という俳諧師のことをよく言う方はひとりもおりませんでした。出てくるのはきな臭い噂ばかりで……」

「たとえば、どんな？」

「以前は淀屋まえの米市で大儲けしたとやらで羽振りが良うて、新町やら堀江《ほりえ》やらで派手に遊んでいたそうですが、そのあと同じく米市で大損して、借金まみれになり、その後はひとをだましてお金を巻き上げるような暮らしをしていると聞いています」

鴎尻の並四郎が、

「西鶴の浮世草子を地で行っとるやないか」

「俳諧師としてもさほどの腕はなく、近頃は門人も減って、点者としての実入りも少なかったようです。師である西鶴の大矢数にかこつけて興行を打ち、起死回生を狙ったのではないか、と……」

きちんと正座して話す信乃の横でだらしなく寝そべった船虫が、

「三千両の賞金と木戸銭が入りゃあさ、借銭もひと息で返せるんじゃないのかい」

「おそらくは……。それに、はじめから早良義明さまの隣座敷で飲んでいたと思いきや、浮瀬亭の若いものにきいてみると、店に来たときから、『二階に立派なお武家の一行が入ったはずだ。その隣の座敷にしてほしい』……と言って、その若いものにおひねりを渡したとか」

「早良って大名が酔っぱらうと弓術自慢をはじめる、というのを知ってて、興行を成り立たせるために巻き込んだんだねえ」

左母二郎が、

「早良はまんまとその手に乗っちまった、てえわけか。それにしても金の匂いがぷんぷんしやがるぜ。——で、其角てえ俳諧師はどうなんでえ」

、大法師が、

「わしの聞き知るところによると、宝井其角の評判もけっしてよくはない。服部嵐雪《はっとりらんせつ》や鯉屋杉風《こいやさんぷう》などとともに芭蕉の古くからの門人で、いちばんの高弟と言ってもいい男だが、暮らしが派手で酒好きゆえ、借金も多く抱えているそうだ」

「とんだやつがたまたま隣で飲んでたもんだな。——太田原って弓取りはどうだ。こいつも悪《わる》けえ？」

信乃はかぶりを振り、

「まことに実直な御仁でございました。ですが……右腕の筋を痛められ、今はかつてのように弓は引けぬ、とおっしゃっておいででした。矢数俳諧と勝負するよう殿さまに命じられ、何度も辞退したがお聞き入れにはならず……」

「とどのつまり、やることになったのか」

「主命はもだしがたし、ということです。朝から晩まで死ぬ気で稽古を積んで試合に臨み、もししくじったらその場で潔く腹を切る、とおっしゃっておられました」

「けっへへ……だから仕官なんぞするこたぁねえのよ。この世で浪人がいちばん気楽だぜ」

寝そべった船虫が太ももをぽりぽり掻きながら、

「いばるんじゃないよ、さもしい浪人のくせしてさ」

「うるせえっ、虫女に言われる筋合いはねえ」

「あたしが虫ならあんたはミミズだね」

喧嘩をはじめた左母二郎と船虫に信乃が言った。

「太田原殿は、『おそらく自分は負けるだろうが正々堂々と勝負するつもりだ。でも、自分が死んだあと、残された老母と妻、ふたりの息子のことが気がかりだ……』とおっしゃっておいででした。試合について聞かせてほしい、と申し入れたとき、こんなどこの犬の骨かわからぬ私相手に誠実になにもかも打ち明けてくださったお人柄……なんとかしてお救いしたいのですが、私には伏姫さまを探す役目があり、この件に深入りできませぬ。――お三方、どうかお力をお貸しくださいませ」

そう言って信乃はほろりと涙をこぼした。美女に泣かれて並四郎はでれっとなり、

「任せとき！　わてらがどないかしたるさかい、あんたはあんたのやらなあかんことをしなはれ。――なあ、左母やん」

しかし、左母二郎はぷいと横を向き、

「俺ぁ知らねえよ。さっきも言ったとおり、俺たちは、そこにある六千両と水晶玉をかすめ取ろうってだけだ。太田原とかいう弓取りのことはもちろん、そいつの家族のことまで知っちゃいねえよ」

丶大法師が、

「それでけっこうだ。あとは任せる。存分に、やりたい放題にやってくれ」

「ああ……そいつぁありがてえ。久しぶりに大暴れしてやるぜ」

左母二郎はそう言ってにや、と笑った。

◇

大矢数の開催日や東鶴の住まいを聞いたあと、丶大法師と犬塚信乃と別れ、左母二郎たちは二《ふた》ツ井戸《いど》にある「弥々山《ややま》」という床店《とこみせ》の煮売り屋にやってきた。床店というのは

屋台を葭簀《よしず》で囲っただけの店で、毎晩、いちいち組み立てては片づける。蟇六《ひきろく》と亀篠《かめざさ》という老夫婦が営んでおり、左母二郎にとって唯一ツケのきく店だった。左母二郎たちにはたいへん居心地がよい。というのも、この夫婦はかつて西国を荒らしまわったふたり組の盗人なのだ。高齢になり自在に盗みを働けなくなったので煮売り屋をはじめたのだが、今でも「叔父貴《おじき》、達者か」「隠居、久しぶりやなあ」などとここを訪れる盗人仲間は多い。今夜も、ほかに客はいないが、酒も下りものの上酒《じょうしゅ》が吟味されており、そのわりには値も安いし、蟇六が武骨な包丁遣いで作る肴《さかな》もそれなりに美味い。

「左母二郎やないか。近頃顔見せなんだなあ。どないしとったんや。おお、並四郎どんと船虫まで……」

ヒキガエルに似た顔で、髪に白髪が交じった蟇六がうれしそうに言った。

「ちいと面白そうなでけえ仕事が入ったんで、相談を兼ねて飲みに来たのさ」

亀に似た顔で、腰が直角に曲がった亀篠が、

「ほな、まあ熱燗で三本やな。アテは豆腐の白和《しらあ》えとコンニャクとごんぼの炊き合わせ、あと、目刺しでええか？」

「なんでもいいからそこに置いてくれ」

左母二郎がそう言うと、亀篠は沸かした湯のなかに大きな貧乏徳利を入れ、燗をつけはじめた。

蟇六は豆腐をすり鉢で潰しながら、

「聞いたで。並四郎どんはまた大きな仕事したそやな。さぞかしふところが温《ぬく》いやろ」

並四郎は苦笑いして、

「ところが手に入れたばかりの茶碗を大川に落としてしもて、さっぱりわやや」

「冗談《てんご》やろ？」

「それが……ほんまやねん」

「アホなやっちゃ。けど、まあ、並四郎どんらしいわ」

左母二郎は並四郎と船虫に、

「さて、と……どうするかい？」

「大矢数をやるのはまえと同じ住吉大社の境内で、日時は十日後や。わて、いっぺん様子を見にいってくるわ」

「ああ、そうしてくれ。俺ぁ、東鶴って野郎と其角を探ってみる」

「じゃあ、あたしは太田原さんていうひとに当たってみようかねえ」

そう言って船虫はほつれ毛を掻きあげた。そこに肴と酒が来た。亀篠は貧乏徳利から直に三人の湯呑みに酒を注ぎながら、

「船虫ちゃんは久しぶりに会うたら、えろう女前が上がっとるさかい驚いたわ」

「いやだねえ、おかあさん、そんなこと……もっと言ってちょうだい」

「ほんまやで。一段と色気が出てきたわ」

「うふふ……あ・り・が・と」

船虫は微笑みながら湯呑みに口をつけた。

「けど、左母やん、こんなことしてわてらの得になるのやろか」

並四郎がいつになく考え深げに言った。

「得も得、大得だぜ。考えてもみねえな……」

紀文大尽の三千両と早良義明の三千両、それに字の浮かぶ水晶玉、もしかしたらその日の売上金まで手に入るかもしれないのだ。それも、いわば将軍家公認である。豪儀な話ではないか。

「わてが言うとるのは、矢《や》数俳諧で何度も名を挙げた西鶴ですら、二万三千五百句の大矢数を最後に俳諧興行を止めてしもたのやろ。なんぼ西鶴の弟子かなんかしらんけど、たいした腕もない俳諧師に師匠を超える二万三千五百一句も詠めるもんやろか」

「詠めようが詠めなかろうが、俺たちの仕事にゃ関わりねえじゃねえか」

「そやないねん。もう、はなっからぐだぐだになって、途中で放り出すような興行になったら、客もアホらしなって金返せ……て言い出すのとちがうやろか。その東鶴ゆうやつ、金を集められるだけ集めといて逃げ出すつもりやないか、と思うのや。二万三千五百一句は無理やで」

船虫が、

「でもさ、家のなかでやるならともかく、ひとまえで木戸銭取ってやるんだから、勝てる算段はしてるんじゃないのかえ？」

「太田原ゆう侍かて、右腕の筋痛めてて、はじめから負け戦のつもりなんやろ？　一昼夜どころか、二刻ぐらいで試合が尻つぼみになって、わてらが盗むよりまえに終わってしもたら困るがな」

左母二郎が酒をあおりつけ、

「今のところはあれこれ心配してもしかたがねえ。明日からいろいろ探りを入れて、そのうえでどんな仕掛けをするか考えりゃいい。今夜のところは、まえ祝いだ、とことん飲もうじゃねえか」

そう言いながら目刺しを齧《かじ》ろうとして、

「痛てっ！　なんだ、この目刺し、カッチカチじゃねえか！　歯が欠けちまわあ」

蟇六が笑いながら、

「うちのは、よう干してあるさかいな。気ぃつけて食べや」

「ちっ……硬《かて》えにもほどがあらあ」

左母二郎はがぶがぶと湯呑みを干した。蟇六が、

「さっきから聞いてたら、なかなかおもろそうなヤマみたいやな」

「おう、隠居も一枚噛《か》みてえのか？」

「アホ抜かせ。わしゃもう引退《しりぞい》とるんや。――けどな、こないだこんなことがあったで。わしがここで商いしとったら、柄《がら》の悪そうな連中が五、六人で俳諧の宗匠らしい男を取り囲んで、『今日が期日やで。どないしてくれるのや』……と息巻いとったんや」

蟇六によると、ヤクザ風の男たちは宗匠らしき男を殴りつけたり、蹴ったりしながら、用立てた金を返せと怒鳴り続けていたそうだ。

「おのれが、かならず儲かる、ゆうさかいに貸したったのや。それが今になって、返せんとはどういうことや。わしらをなめくさってたら承知せんで」

「わわわわかってる。仕入れたもんが思うように売れんかったのや。しゃあないやないか」

「しゃあないやと？」

ふたたび殴りつける音がして、

「おのれはしゃあないですむかもしれんけど、こっちはそうはいかんのじゃ。わしらが本気やないと思うとるかもしれんけどな、まずは右耳から削いだろか」

「ま、待ってくれ。金の入るあてがあるのや」

「ドアホ。おのれが矢数俳諧たらいうわけのわからん興行を打つ、ゆうのを知らんとでも思うたか。一昼夜で二万三千五百一句やと？　そんなことできるわけないやろ。どうせしくじって、生き恥晒すのや。今ある金が目減りするまえに、わしらは取れるだけ取らしてもらう。おのれが物乞いに落ちぶれようと、わしらの知ったことやないさかいな」

「違うのや。かならず……かならず二万三千五百一句、達成できるのや」

「嘘つけ。おのれみたいに下手くそな俳諧師になにができる。師匠の西鶴からも破門されかけとったやないか。二万句はおろか、千句も危ないわ」

またしても殴る蹴るの音。げほっ、げほっ、という咳《せ》き込む音。

「聞いてくれ！　間違いのう二万三千五百一句を詠んで、三千両ふんだくることができる秘策があるのや」

「それを言うてみい」

「今、ここでか？」

「死にたいらしいな」

「言う、言う。耳を貸してくれ」

そのあとのやりとりは蟇六には聞こえなかったが、ヤクザたちは納得したらしく、

「なるほどなあ。世の中にはわしらより悪いことを企む連中がおるのやな。——わかった。金はしばらく待ったるさかい、大矢数の試合の日、耳をそろえて持ってこい」

そう言うと、彼らは立ち去り、あとには着物を泥だらけにし、顔にあざのある宗匠が

倒れていたという。

「あの男が、おまえらの言う東鶴やったのかもしれんな。わしの知るかぎりでは、あのとき先頭にいた大男はたぶん、傲慢屋砂五郎《ごうまんやすなごろう》ゆう金貸しやったはずや。鬼ヒトデの海胆《うに》右衛門《えもん》ゆうヤクザと組んでな、あくどいやり方で金を貸し付けては無慈悲に取り立てて、今、大坂でのしあがってるうっとうしいやつや。貸すときは、返すのはいつでもかまへん、利も安うしといたる、てなことを言うけど、取り立てるとなったら容赦せん。盗人以上に血も涙もない連中やで」

「ほう……」

左母二郎はカチカチの目刺しをガリッと噛み砕き、

「東鶴に、間違いなく二万三千五百一句詠む秘策がある、としたらこの興行、すべてがいかさま、てえことになるぜ。面白ぇな、こいつは」

そう言って、顎の剃り残しを撫でた。

◇

二日酔いの頭を抱えながら、左母二郎は土間に下り、水瓶《みずがめ》の蓋をあけてひしゃくで水を飲んだ。

「うー……」

口に房楊枝《ふさようじ》を突っ込んだまま、井戸端へ行き、顔を洗った。歯を磨こうとしたが、牛のように唸《うな》りながら井戸端へ行き、顔を洗った。歯を磨こうとしたが、房楊枝《ふさようじ》を口に突っ込んだだけで吐きそうになったので、あきらめた。昨夜はあれから夜明け近くまで「弥々山」で飲み続け、蟇六が、

「もう、ええ加減にしてくれ。わしは去《い》ぬで」

と言ったのでしぶしぶ重い腰を上げた。船虫もかなりきこしめしていたが、けろりとして、

「あたしは自分のねぐらに帰るよ。じゃね」

そう言ってふらふらと闇のなかに消えていった。左母二郎と並四郎は連れ立って、大声で歌を歌いながらここへ戻った……はずだが、いつ帰りついたのかまるで覚えていない。気が付いたら朝になっていた、というわけだ。朝といっても、もう昼近い。

「そうだ、かも公……」

左母二郎は家に入り、

「おーい、かもめ！　どこだ？」

返事はない。

「なんだ、あの野郎。もう出かけちまったのかよ」

左母二郎は這うようにして二階に上がったが、そこにも並四郎の姿はない。ふたたび階下に下りると、押し入れのなかからどたばたという音とともに、

「たたた助けてくれっ」

　という悲鳴が聞こえたので開けてみると、並四郎がこちらに尻を向けて四つん這いになっていた。

「おう、なにやってんだよ」

「ああ、左母やん。目ぇ覚めたらな、あたりが真っ暗でおのれがどこにおるかわからんかったのや。ここ……どこやろ」

「馬鹿か、てめえは。押し入れだよ」

　並四郎は後ろ向きにごそごそと這い出してくると、

「ということは、わて、昨日、押し入れのなかで寝てたんか。あはははは……おはようさん」

「のんきな野郎だぜ、まったく。もう、昼だ」

「そうかいな。――昼飯食おか」

「俺ぁ二日酔いだからいらねえよ。――東鶴てえやつを探りに行ってくらあ」

「ほな、わても住吉さん行くわ」

　ふたりは隠れ家を出た。うどんを食う、と言う並四郎と途中で別れ、左母二郎は南《みなみ》瓦屋町《かわらやまち》の裏通りにある長屋を訪れた。、大法師によると、そこに東鶴の住まいがあるのだ。

（このあたりもひでえボロ長屋ばかりだなあ……）

左母二郎はため息をつきながら東鶴の家を探した。あちこちにゴミが捨ててあり、ネズミがドブをちょろちょろ走っている。

（こんなところに俳諧師が住んでるのかよ。俳諧師とかいうのは池の端の庵《いおり》みてえな風流なところにホトトギスの声を聞きながらわび住まいしてるものかと思ってたぜ……）

井戸端で長屋のかみさん連中が洗濯をしているところに出くわした。左母二郎はかみさんたちの不躾《ぶしつけ》な視線の集中砲火を浴びた。見かけない素浪人が長屋に入ってきたのだから、当然ではあるが……。

「なんじゃい、あんた。盗人やないやろね。言うとくけど、この長屋に盗みに入ったかてどこの家にも銭もなにもないで。とっとと帰り」

ひとりが嚙みつくような口調で言ったので、左母二郎は苦笑いして、

「そうじゃねえんだ。俺ぁ、東鶴てえ俳諧師の家を探してるんだが……知らねえか？」

「ああ、クズ東鶴かいな。知ってるで。そこの右の路地入った六軒目や。――けど、あんなクズになんの用や」

クズとはひどすぎる仇名《あだな》である。

「今度、住吉大社で東鶴と太田原という侍が大矢数の勝負をする、てえこと聞いてねえか」

「さあ、知らんなあ……。あんた、まさかお上《かみ》の手先やないやろな」

「へへ……馬鹿言っちゃいけねえ。俺がお上の手先に見えるかよ」

「まるで見えへん。食い詰めた、貧乏な、どうしようもない浪人にしか見えん」

怖いものなしのかみさん連中の舌鋒《ぜっぽう》は容赦がない。

「だろうな。俺ぁ、東鶴の勝負にからんで、いい銭儲けがあるって聞いてきたんだが……そもそも東鶴てえやつは、どういう男なのかおめえさん方知ってるけえ？」

「教《お》せたろか？」

おしゃべり好きなかみさん連中は左母二郎を取り囲み、「頼むわ」とも言わぬ先に口々にしゃべりはじめた。

「あの男はな、もともと三島屋宗八《みしまやそうはち》ゆうて、小さな廻船問屋《かいせんどんや》をやっとったんや」

「そやねん。そこそこ儲かって、商人の主のたしなみとして俳諧をはじめよってな、西鶴さんに入門しよったのもそのころや」

「そやねん。儲かったお金を淀屋まえの米市に注ぎこんで、どえらい儲けよったのや」

「そやねん。そんなこんなで西鶴先生も一時はえろうかわいがってはったのやけどな、とうとう米相場で見込み違いをしてすっからかん、一文なしのからっけつになって……」

「そやねん。そのあともいろいろ手を出してはしくじって、とうとう店もなにもひと手に渡して、裏長屋に逼塞《ひっそく》……ちゅうやっちゃ」

「そやねん。あてらの仲間入りや」

「そやねん。ここに越してきても懲りんとなんやかんや詐欺師まがいのことをしてたけど、それでもえろう金回りのええときがあるのや」

「そやねん。昔取った杵柄《きねづか》ちゅうやつで、北浜《きたはま》の廻船問屋の山城屋《やましろや》はんから船を借りて、ときどき商いしてるのや。けど、それをまた米市に突っ込んで摩《す》ってしまう」

「そやねん。今度、だれをどこでどうたぶらかしたか矢数俳諧の興行やて。びっくりしたわ」

「そやねん。ほんまろくでもないやっちゃ。紀伊国屋はんも其角宗匠も、ああいう手合いに関わらん方がええと思うけどなあ……」

「そやねん。あてらの亭主、稼ぎは悪いし顔もぶちゃいくかもしれんけど、ひとをだましたりせんと真面目《まじめ》に働いとるだけましやわ」

「そやねん。ああいう一攫千金《いっかくせんきん》狙うやつはそのうち三尺高い木のうえでお仕置きになる。真面目にしてたら、そういうことだけはないわ」

「そやねん。浪人さんも気ぃつけや」

「そやねん……そやねん」

「あんた、そやねんだけやないか」

「もう言うことのうなってしもたわ」

「ありがとよ」

そう言い捨てると左母二郎は右の路地へと入った。

(三尺高い木のうえか……ねえこともねえな)

そんなことを思いながらようよう東鶴の家を訪ね当てた。そこには「阿蘭陀流家元山村東鶴」という看板が立て掛けてあった。

「おい、東鶴!」

左母二郎は呼びかけた。だが、返答はない。

「てめえの大矢数の興行のことできてえことがあるんだ。返事しねえか。それともくたばっちまったのか」

何度も怒鳴ったが、なかはしーんとしている。

「あんた……東鶴さんはおらんで」

こどものように背の低い老婆が左母二郎を見上げて、そう言った。

「なんでえ、留守かよ」

「ああ。たぶんこの裏にある楽園寺《らくえんじ》ちゅうボロ寺にいてると思うわ」

「寺でなにしてるんだ」

「さあ……矢数俳諧の支度をする、ゆうて毎日行ってるみたいやで。せやけど、前売りの銭がぎょうさん入ってうるおったよって、今日あたり寺もこの長屋も引き払《はろ》うて住吉《すみよ》っさんの近くに引っ越すらしい」

「もう引っ越しちまったんじゃねえのか」

「朝方、ちらと見かけたから、まだおるやろ。けど、近頃毎晩夜中にベカ車で荷物運んどるさかい、もう部屋にも寺にもなんにも残ってないんとちがうか。知らんけど」

「教えてくれてありがとよ」

楽園寺はすぐにわかった。寺といっても長いあいだ無住で、境内には雑草が生え、狐狸の棲み処となっている。本堂も半ば朽ちて、柱も床も白蟻に食われてぼろぼろだ。裏手へ回ると、こちらも背の高い草に覆われていて、灯籠や墓石などが倒れ、廃墟《はいきょ》の様相を呈している。

（こんなところで俳諧師がなにをしてやがるんだ……）

塀の陰に、大きな紙袋が大量に捨てられている。膨らんでいるので、なにが入っているのかとひとつ蹴飛ばして破ってみると、ざらざらともみ殻のようなものがこぼれだした。

「なんだ、こいつぁ」

つまみ上げてみたが、よくわからない。稗《ひえ》や粟《あわ》などの殻ではないか、と思われた。

「ちっ」

金目のものではなかったのでがっかりした左母二郎が表に引き返そうとしたとき、

「ここでなにしとるんや」

数個の影が立ち塞がった。先頭にいるのは、身なりからして俳諧師の東鶴だろう。その後ろにいるふたりはどこからどう見ても堅気には思えぬ。ヤクザ、破落戸《ごろつき》の類だろう。

「寺に入っちゃ悪いのかい」

「この寺は、おまはんみたいな浪人がうろつくとこやない。出ていってもらおか」

左母二郎はにやりと笑い、

「おめえが俳諧師の東鶴けえ」

東鶴は警戒した表情で、

「おまはんはだれや」

「俺ぁ網乾左母二郎てえ浪人だ。おめえが今度、住吉大社ででけえ興行をぶっぱなすって聞いたもんでね、さぞかし金が余ってるんじゃねえかと思ってさ、おこぼれをいただきに来たってわけよ。どうだ、俺もひと口乗せてくれねえか」

「あかんあかん、おまはんみたいな痩せ浪人に用はない。とっとと去ね」

「当日は六千両の賞金と木戸銭がその場にあるんだろ？　不心得もんが盗みに来たら困らあね。俺を用心棒に雇ってくれてもいいんだぜ」

東鶴は鼻で笑い、

「おまはんなんぞ雇わんかて、うちには腕っぷしの強い、気の荒い連中さんがぎょうさんいとるのや。——なあ、皆さん」

そう言って振り向くと、後ろに立っていたヤクザ風の男ふたりが進み出て、

「そういうこっちゃ。用心棒やったらわしらがおるさかい、もう間に合《お》うとる」

「侍の方がヤクザなんかよりずっと腕はたしかだぜ」

「なんやと、このガキ。わしら鬼ヒトデ一家をなめるなよ」

「おや？　おかしいじゃねえか。東鶴、おめえは銭を借りて、それが返せねえ、てんで鬼ヒトデの海胆右衛門にえらい目に遭わされたって聞いたが、いつの間に仲良しになったんだ？」

東鶴は俳諧師とは思えぬほどの鋭い目で左母二郎をにらみつけると、

「おい……おまはん、なんでそんなことを知っとるのや。怪しいなあ。どこで聞いた？」

「さあねえ、忘れちまったよ」

「おい……」

東鶴がいっぱしの悪《わる》気取りでふたりのヤクザに顎をしゃくると、

「任せとけ。腕一本でも叩き折りゃ、ビビりよるやろ」

「おう、浪人。命までは取らんつもりやが、うっかり殺してもうたときは勘弁してや」

ヤクザたちはにやにや笑いながら、左母二郎を左右から挟むようにして迫ってきた。ひとりが左母二郎の胸倉に摑みかかろうとし、もうひとりは後ろに回り込もうとした。

（のろいぜ……）

左母二郎は胸に伸びてきた腕を脇の下に挟んでぐいと締め上げながら、後ろに回ろうとしたやつの向こう脛を蹴り上げた。ヤクザたちは同時に、

「ぎゃっ！」

と声を上げ、

「こ、こ、このガキ、遊びはこれまでや。もう許せん」

ふたりのヤクザは匕首を抜いた。左母二郎は刀の鞘を左手で握ると、右手を柄《つか》にかけた。

「くたばれ！」

左の男が匕首を振りかざして突進してきた。左母二郎は微動だにせず、抜き打ちに斬りつけた。途端、男の帯と着物が斜めに断たれ、ふんどしまで丸見えになった。

「ひえっ」

男は戦意を失って前を手で押さえた。もうひとりが匕首を腰のあたりに構え、身体ごとぶつかってきた。左母二郎は、

「へっ……」

と笑いながら緩慢とも見える動作で刀を地擦りから一閃させた。カキッという音とともに匕首は空高く撥《は》ね上げられた。そして、離れたところで震えながら一部始終を見つめていた東鶴に向かって落ちていった。

「おーい、逃げなきゃてめえの頭にぶっ刺さるぜ」

東鶴はなにかが降ってくるのに気づき、頭を抱えてしゃがみ込んだ。匕首はそのすぐ脇の地面に刺さった。

「お、おい、逃げよ。このままやったら殺される」

「もうこの寺には用はない」

「こんなつよいやつとは思わなんだ」

三人は口々にそう言いながら寺から逃げていった。

「お、おい、待ちやがれ！」

左母二郎は少し追いかけたが、二日酔いのせいで足がふらついたのですぐにやめた。

(住吉のどのあたりに引っ越したのか、今から調べるのはちと手間だぜ……)

できれば東鶴の移転先を聞き出しておきたかったが、仕方がない。刀を鞘に収めると、左母二郎は念のために本堂に上がり込むことにした。触っただけで外れそうな扉を開ける。灯《あか》りがないので、奥の方は暗くてなにも見えない。入ってみると、足もとの床が割れて陥没していたりして危ないことこのうえない。

しばらくすると闇に目が慣れてきた。正面には、かつて仏像が三体置いてあった名残りに台《うてな》だけが三つある。おそらくだれかが売り払ってしまったのだろう。厨子《ずし》はおろか、香炉も蠟燭《ろうそく》立ても机もなにも残っていない。

「すっからかんだな……」

そうつぶやいた自分の声が本堂内にわんわんと響いた。

「なにもねえ。引き返すか……」

向きを変えようとした左母二郎は、床になにか青いものが落ちているのに気づいた。

「なんだ、こいつあ……」

摘《つま》み上げて、しばらく見つめていたが、懐紙に挟んでふところにしまった。そのときである。

「さくらちる……」

どこからかそんな声が聞こえた。空耳か……いや、たしかに……。

「つきかげに……」

反響のせいか、人間離れした声だ。

「――だれだ、てめえ」

虚空に問いかけたが応えはない。左母二郎は堂内のあちこちに視線を送ったが、それらしいひと影はない。しばらくじっとしていたが、それ以上怪しい声は聞こえてこなかった。

「へっ……」

苦笑いすると左母二郎は本堂を出た。

四

これで俳諧師東鶴の裏の顔がはっきりと明らかになった。もう少し東鶴について深く知りたくなった左母二郎は、

（まえは廻船問屋だった、てえから、廻船問屋仲間にききゃあなにかわかるかもしれねえ。北浜の山城屋、だったかな……）

「邪魔するぜ」

山城屋に入ると、結界のなかで帳合いをしていた番頭らしき男が不審そうな顔で、

「なんでおますやろな」

それはそうだろう。一見して食い詰め浪人とわかる人物が廻船問屋に用があるわけがない。因縁をつけに来たのでは、と思うのは当然である。

「心配《しんぺえ》するな。ゆすりやたかりに来たんじゃねえんだ。廻船問屋ならどこでもよかったのさ。ちいときいてえことがあるんだが……」

「はあ、わてでわかることだしたら……」

ゆすり、たかりではない、とわかって安堵《あんど》したのか、四十がらみの番頭は表情をゆるめた。

「今は俳諧師で東鶴と名乗ってる三島屋宗八てえ野郎が、以前は廻船問屋をやってた、てえことを聞いたが本当かね」

「ああ、あんさん、ようご存じだすな。廻船問屋ゆうても自前の船も持っとらんような小さい店だした。うちはたまたま取り引きがおましたさかい知ってますけど、博打みたいな金儲けが好きなおひと。商人には向いてまへんなあ。真面目にこつこつ働きゃええのに、濡れ手で粟の銭儲けをしたい……ちゅうわけですわ」

「へへへ……耳が痛《いて》えな」

「稼いだ小金を突っ込んで、米市で大儲けして米市で摩って……そのあともいろいろなことに手ぇ出したみたいだすけど、お尻が落ち着かんよって上手いことといかず、店もひと手に渡ってしもて、今は俳諧の点者をしとるとか……。なんでも、今度、住吉っさんで矢数俳諧の勝負をするとか聞いとりますけど、あれもそういう博打好きの気質が表れとりますわなあ」

「俺が聞いたところじゃあ、ときどきここの船を借りにくるとか……」

「へえへえ、半年ほどまえも、宗八さん、えらい久々に船を貸してくれ、ゆうて来はりましたわ」

「それで、貸したのかい？」

「へえ、うちも商売だすさかい。船の借り賃、船頭への手当……けっこうな額についたと思いますのやが……」

「払ってもらえたのか？」

「負けてほしい、とは言われましたけど、だいたい言い値どおり払てもらいましたわ」

「なんのために船を借りたんだろうな」

「それはわかりまへんけど、どうせなんぞ一攫千金を狙《ねろ》うたのとちがいますか。紀伊国屋文左衛門みたいな具合に……」


今度の大矢数興行に出資を表明している紀伊国屋文左衛門は、今でこそ江戸は深川で公儀御用達《ごようたし》の材木問屋として押しも押されぬ豪商だが、二十代のまだぺえぺえだったころ、江戸でのみかんの不作を聞いて、親類から大金を借りつけ、大量のみかんを購入して江戸に向かおうとした。一発当てようと思ったのだ。しかし、折からの暴風で船は出せない、難破してしまう、としぶる船乗りたちを必死で説き伏せて、みずからも死を覚悟して大荒れの海に乗り出した。まさに命を賭けての大博打である。そして、見事に江戸にたどりついたのだが、思惑どおり、みかんは売れに売れた。その金を元手に材木商をはじめた文左衛門は、ついに大商人へと出世したのである。

「それがとんだ見込み違《ちげ》えで、傲慢屋砂五郎に金を借りた……てえわけか」

「ありゃー、傲慢屋はんに金借りましたか。そらあかんわ」

「なんでいけねえんだ」

「利がえげつないほど高いうえ、ヤクザとつるんでますさかい、金返せなんだら殺されます」

「ほう……」

「そのヤクザと宗八、今は仲良くしてるようだぜ」

番頭は筆を置き、

「それは……おもろおまんな」

「だろ？」

「へえ……つまり、宗八さんとヤクザがぐる、ということだすな。今度の大矢数興行でなにか企んどるんだすやろなあ」

左母二郎は、一見小心そうなこの番頭が案外肝が据わっていて、ものごとを見極めていることに感心した。

「てえことだろうな」

「あんさんもそこに顔突っ込んで甘い汁の分け前にあずかろう、ゆう魂胆だすか。まあ、痛い目に遭わんよう気ぃつけなはれや」

「へへ……甘《あめ》え汁か苦《にげ》え汁かわからねえが、心配してくれてありがとよ」

左母二郎は山城屋を出た。大当たりだった。

（さてと……つぎは、だ……）

江戸から来た宝井其角に会うつもりだったが、門外漢の左母二郎には其角がどこに逗《とう》留《りゆう》しているのかわからない。

（住吉大社のあたりに宿をとっているのか、それとも俳諧師仲間の家に厄介《やつけえ》になってるのか……）

あちこちできいてはみたが、だれも其角の所在を知らない。だんだん面倒臭くなってきた左母二郎は、

「俺ぁこういう細けえ仕事にゃむいてねえんだよ……」

そうぼやきながら、一軒の酒屋に入った。

「おう、五合飲ませてくれ」

前掛けをした実直そうな主人が、

「すんまへん、うちは量り売りしかやってまへんのや」

居酒（店で飲ませること）はしない、ということだ。

「いいじゃねえか、銭は払うぜ。内緒で五合だけ頼まあ。二日酔いでね、迎え酒といきてえところなんだ」

「いや……どうも……堪忍しとくなはれ」

「なんだと、店をぶっ壊されてえのか」

左母二郎がそこにあった一斗樽《だる》を蹴りつけると主は蒼白《そうはく》になり、

「すんまへん、今、お支度しまっさ」

と言って貧乏徳利にきっちり五合量って入れた。燗をつけようとしたので、

「そのままでいいよ。それとも燗しねえと飲めねえような悪酒けえ？」

「とんでもない。伊丹《いたみ》の上酒でおます」

「なら、かまわねえ」

左母二郎は徳利をひったくると、そこにあった湯呑みに注いで飲み始めた。壁に「住吉大社境内にて大矢数興行あり。天下一の俳諧師で井原西鶴の弟子山村東鶴と天下一の弓術名人太田原十内の試合なり。勝者には三千両の賞金。是《これ》見逃したら浪花子の恥なるべし。木戸銭二百文なるを前売りならば百五十文にて」という引き札が貼ってあった。

「おい、主」

酒屋の主人はびくっとしたが、

「おめえ、俳諧、やるのか」

「は？」

「俳諧だよ、ここに書いてあるだろ」

「知りまへんがな。えろう評判になっとるで、言うてその引き札持ってきよったんで、にぎやかしに貼っただけだすわ」

「そんなに評判になってるとはねえ」

「へえ、どっちが三千両持ってくか、ゆうて寄ると触るとその話だっせ」

「ふーん……」

　左母二郎は残りの酒をごくりと飲み干し、

「そうけえ。じゃあな」

　と言って酒代をそこに置いた。主はその銭と左母二郎の顔を交互に見て、

「え……お代、いただけますのか」

「いらねえのか」

　主はその銭を両腕で囲い込むようにして、

「とんでもない。いただきまっせ。ただ……」

「俺が踏み倒す腹だと思ったのか。まあ、そのとおりだが……美味《うめ》え酒だったから払ってやらあ」

「おおきに！」

　左母二郎はその店を出ると、懐手のまま家に向かってふらふら歩き出した。

（ん……？）

すぐに左母二郎はだれかの視線を感じたが、立ち止まることなく歩き続ける。視線はずっと彼を追ってくる。

（つけてやがるのか……）

長堀《ながほり》の手前あたりで左母二郎は足を止めた。安堂寺橋《あんどうじばし》のたもとで昼なお暗く、ほかにひと影はない。

「おう……どこのどなたかぁ知らねえが、いつまでも金魚の糞《ふん》みてえにつきまとわれちゃこちとら厠《かわや》にも行けねえだろうが。こそこそしてねえで、出てきなよ」

しん……と静まった空気のなかで、柳の木の陰からゆらり、と現れたのは、左母二郎と同じく浪人で、かつては茶色だったらしい着流しに、かつては黒だったらしい帯を締め、塗りが剝げてかつて何色だったかもわからぬ刀を差し、素足に雪駄を履いた大男だった。顔が大きく、まるで下駄《げた》のように四角い。眉が太く、目が小さいので一見優しげに見える。しかし、左母二郎はその男の全身から強い殺気を感じた。

「だれに雇われた？」

きいたが、もちろん応えが返ってくるわけもない。

「俺を脅して、手を引かせろ、と言われたのけえ」

無言である。

「それとも、あっさり消しちまいな、と言われてるのけえ」

「あとのほうだ」

浪人はぼそりと言うと刀を抜いた。左母二郎は目を細めた。やたらと刃こぼれしており、研ぎに出していないのがわかる。

（こいつ……殺し屋だな……）

左母二郎は細腕をふところから出すと、刀の柄に手をかけ、

「やるか！」

相手は無言のまま真っ向から斬りつけてきた。左母二郎は跳びのきざま、刀を抜き、その一撃を受け止めた。浪人は左母二郎の出方を見ることもなく、左に右に攻撃の手をゆるめない。左母二郎はそのすべてをきっちり受け止めながら、

（へへ……こいつぁヤベえぜ……）

浪人の腕はかなりのものだった。ぐいぐい攻め立ててくる浪人に対し、酒のせいもあって左母二郎は後ろへ後ろへと下がらざるをえなかった。ついに横堀の端まで追い詰められたが、

（ここで死ぬわけにゃいかねえ。目のまえに六千両がぶらさがってるんだからな。――よし！）

左母二郎は一旦刀を鞘に収め、だらりと両手を垂らして、

「わかったよ。俺の負けだ。あんたの方が腕が立つ。あきらめたよ……ああ、マジだ。

煮るなと焼くなと好きにしてくんな」

そう言ってしゃがみ込んだ。浪人は、

「そうか……よき分別だ。——死ねっ！」

大刀を振り下ろそうとしたとき、左母二郎は右手を逆手にして刀の柄を摑み、

「ちぇええい！」

居合いである。その一撃は見事に浪人の胴に決まった。浪人も、咄嗟に腰を引いて避けようとしたのだが間に合わなかった。右脇腹に浅く、刃が食い込んだ。

「く、くそっ……卑怯《ひきょう》……」

浪人がよろめいた隙に、

「すまねえな。あんたとの勝負はお預けだ。——ごきげんよう！」

「待てっ！　待たぬか！」

知ったことではない。左母二郎は刀を鞘に収めると、脱兎《だっと》のごとくその場から逃げ出した。

◇

「てえわけさ」

隠れ家に戻った左母二郎は、さきに帰っていた並四郎に言った。

「そいつはだれに雇われたんやろなあ」

「わからねえが……たぶん鬼ヒトデ一家だろうな。おめえのほうはどうだった？」

「わてはうどん屋でけつねうどんを食うてから……」

「そんなこたぁどうでもいいんだよ」

「そのあと住吉っさんまで行ったんやけど、すっかり舞台が出来上がってたで」

並四郎の話によると、住吉大社の太鼓橋を下りたあたりの敷地をふたつに分けて、東側に京の三十三間堂と同じ長い軒を作り、西側には俳諧を詠むための舞台が設けられているという。雨が降ったときのために、それら全体を葭簀《よしず》で囲い、簡便な屋根を作り、観客は皆その内側で両方の興行を見ることができるらしい。

「立派なもんやで。金もかかっとるわ」

「なにか怪しいところはねえか」

「そやなあ……通し矢の方は地べたでやるさかい、こらもういかさまのしようがないわ。けど、俳諧をやる場所の作りがえろう高床になってるのが、ちょっと気になるな」

「ふーむ……見物人からよく見えるようにしてるのかもしれねえが……」

「そのへんを探ろう思て、縄で何重にも閉ざしてあるのをくぐってなかに入りかけたら、槍を持った番人みたいなやつがふたり出てきて、『大矢数興行本番の日までなんぴとたりともここには入れぬ決まりだ』と抜かしよった」

「神社の境内で槍持ったやつがいるたあ物騒な話だな」

「夜になるのを待って忍び込んだろか、とも思たけど、見つかるとややこしいことになるさかい今日のところは帰ってきた。けど、やっぱりこれはなんぞあるな。間違いないわ」

そこに船虫がやってきた。

「どうだった？」

「いやー、驚いた」

「なにが？」

「太田原ってひと、すごい男前だった。あたしゃ岡惚《おかぼ》れしそうになっちまったよ」

「そんなこと知っちゃいねえや。なにかわかったのか」

船虫は、大坂でも名の通った弓具屋の使いのものだと偽って面会を申し込むと、すぐに会ってくれたという。

「今度、通し矢をすると聞き及びましたうちの主が、ぜひとも太田原さまのお力になりたい、よい弓をご用立てたい、と申しております」

と言うと、

「わしのようなものを気にかけていただき、まことにかたじけないが、弓はおのれで作ったものが手にもなじんで一番ゆえ、それを使うつもりだ」

との返事だった。

「あたしなんかにも丁寧な口の利き方をしてくれて、いかにも真面目って感じだったねえ。主殿にくれぐれもよろしくお伝えくだされ……なんて、このあたしに頭を下げたんだよ。お侍が……すごくない？」

「俺だって侍《さむれえ》だが、いくらでも頭なら下げてやるぜ、ほら」

「あんたみたいな浪人に頭下げてもらってもうれしくもなんともないよ。あっちは歴《れっき》とした侍だからね！」

船虫の話によると、大坂定番の早良義明は浮瀬亭での一件のあとただちに蔵屋敷にやってきて、

「太田原、その方に通し矢を命ずる。一昼夜で八千百三十四本を通すのだ。よいな」

「殿……無理でございます。それがし、ただいま右腕の筋を痛めておりまして、八千本はおろか千本も通すことはかないませぬ」

「たわけ！　おまえなら必ずやり遂げる、と皆のまえで大見得切ったわしの顔が丸つぶれになるではないか。たとえ腕がちぎれようとも見事八千百三十四本通してみせます、となぜに言わぬ」

「なれど……」

「今さら其角や東鶴に、あの話は変改《へんがい》にしてもらえぬか、と頭を下げられると思うか。

三千両はわしが支度する。だが、これはおまえに下げ渡すのではないぞ。おまえが間違いなく勝つと思うゆえ一時預けるだけだ。返してもらうゆえ、そのつもりでおれ」

「………」

「すぐに稽古をはじめよ。一睡もせずに稽古いたさば、八千本はおろか一万本を通すこともできよう。今のおまえにはそういう気概が欠けておる。武士として嘆かわしいぞ」

「まことに申し訳……」

「東鶴に負けたら、その場で腹を切れ。よいな」

「かしこまりました。それがしは負けたら腹を切りましょう。ですが……その折、わが子ふたりの命はいかがなりましょうか」

「必ず勝て、という君命に背いた罰としておまえに腹を切らせるのだから、男児なれば連座して死罪を申しつける」

「殿、それはあまりのこと……」

「なにを申す。こどもふたりの命助けたくば、勝て。勝つのだ。よいか。今から試合の日まで一睡もせず稽古せよ。わかったな！」

そんなやりとりが義明とのあいだで交わされたという。

「それでどうなさるおつもりですか」

船虫がきくと、

「わしはともかく、こどもにも累が及ぶのはなんとしても避けねばならぬ。それゆえ試合の日までに仏門に入れることにした。俗世と縁を切らせれば連座はせずともよい。まだ幼いわが子を……と思うとやりきれぬし、太田原家は断絶となるが、もう腹はくくった。それに、一心に弓の稽古をしておるとかつての腕を取り戻したようで、日に日に通せる数が増えてきている。右腕の筋の痛みさえ再発せねばなんとかなるかもしれぬ、と一縷《いちる》の望みはある。あとは、神仏の加護を信じて当日を迎えるのみだ」

太田原の目は澄んでいた。

「さすがのあたしも泣きそうになったよ。お侍ってのはたいへんなんだねえ」

「俺だって侍だぜ」

「あんたなんか一度も仕官したことのない浪人じゃないか。城勤めの侍の大変さがわかるかえ？」

「そんなもの、わかりたくもねえ。仕官してるようなやつは馬鹿だ」

「なんだって。もっぺん言ってごらん」

並四郎があいだに入り、

「もう、その話はええ。聞き飽きたで。今はこのあとどうするか、ちゅう話をしようや」

左母二郎が顎を撫でながら、

「其角ってやつに会ってみてえが、どこにいるんだかわからねえ。大坂の俳諧師にきいてまわりゃあわかるかもしれねえが、そんなつてはねえし……」

すると船虫が、

「そうそう、その其角ってひと見かけたよ！」

「なんだと？　それを早く言え」

「太田原さんのことで頭がいっぱいで忘れてたんだ。——あたしが早良家の蔵屋敷を出ようとしたとき、俳諧の宗匠みたいな恰好したやつが門のまえを横切ったんで、蔵屋敷の門番に、あのひとはどこのどなたです、ときいたら、宝井其角という名高い俳諧師で、すぐ隣にある肥前平戸《ひぜんひらど》の松浦《まつら》さまの蔵屋敷に逗留している、と言われたのさ」

「早良家の蔵屋敷の隣だと？」

「ああ。其角は江戸で、松浦のお殿さまに俳諧を教えてて、句会なんぞでよく出入りしてるらしい。その縁で泊めてもらってるんだろうね。すぐに追いかけたけど、門を入っちまったからあきらめた。けど、居場所だけはわかっただろ。ほめてもらいたいね」

「なーるほど……なるほどなるほど」

「左母やん、なにがなるほどなんや？」

「ちいっとばかりからくりが読めてきたぜ。其角はおそらく、松浦家の蔵屋敷のだれかから、早良侯がいつも太田原の弓の腕を自慢していることや、その太田原が右腕を痛めてることを聞いたのさ。隣り合った蔵屋敷だから、奉公人同士で噂話をかわしたりもするだろう」

船虫が、

「じゃあ、なにかい？　浮瀬亭の隣の部屋にいたのは、東鶴と示し合わせて早良の殿さまを最初《はな》っからはめるつもりだったってこと？　じゃあ同じ穴のむじなじゃないか！」

「江戸の俳諧師がたまたま大坂に来ていて、隣座敷に居合わせたってえのは都合が良すぎらあ」

「ほな、其角が一番の悪《わる》かいな」

「たぶん筋書きを書いたのは其角だろう。東鶴は小物すぎて、そこまでの考えはねえ。借金を返さねえと鬼ヒトデ一家に殺される、てんで旧知の其角に泣きついたんだろう。其角って野郎はその話に付け込んで、大儲けを企んでるんじゃねえかな」

「ひどい話だねえ。あたしも悪だけど、なんだかむかむかしてきたよ」

「へへへ、俺たちゃその悪の上前をちょうだい……といこうじゃねえか」

「けど、そんな小物の、腕のない、しょうもない俳諧師がほんまに二万三千五百一句も詠めるとはとうてい思えんけどなあ。右腕痛めとる太田原がしくじるかもしれん、というのはわかるけど、自分かてしくじったらなんにもならんがな」

「俺が会ったときも自信満々だった。あの自信の裏にも、おそらくからくりがあるに違いねえ。それを試合の日までに探り出してえのさ」

「だいたい阿蘭陀流家元だなんて、いかがわしいよねえ。紅毛人《こうもうじん》でもないのにさ」

「待てよ……」

左母二郎は腕組みをして、

「阿蘭陀流……阿蘭陀……阿蘭陀ねえ……」

「阿蘭陀がどうかしたのかい？」

「廻船問屋の元主で、今でもときどき船を借りてなにやらこそこそやってやがる。ときどきえらく金回りがいいことがある。そして、阿蘭陀……」

「ええ、もうじれったいねえ！　はっきり言っておくれよ」

「まあ、待ちなよ。——おめえの知り合いで、医者崩れがいたな」

「ああ、バカだろ？」

「馬鹿とはひでえじゃねえか」

「馬加大記《だいき》って名前なんだよ。ほんとは馬加《まくわり》って読むらしいんだけど、みんな馬鹿って呼んでる。あたしに惚れてさあ、俺の女房になれ、ってしつこいったらありゃしない。だーれーがーあんなスケベ親爺《おやじ》と一緒になるんだよ」

「たしか、どこかの大名家の御典医だったろ？」

「酒好きで、鍼《はり》を打つ手が震えてお殿さまを血だらけにしちまってクビになり、それから身を持ち崩してさ……さんざん悪さをしたあげく、今じゃ新町の廓《くるわ》に住んで、芸子《げいこ》や舞妓《まいこ》相手の医者をしながら、裏で薬の横流しなんぞをしてるよ」

「でも、腕はいいはずだ。そいつに頼んで太田原の腕を診てもらってくれ」

「わかった。弓具屋の主に頼まれた体《てい》にして、明日連れていく。――じゃあ、あたしは帰るからね」

左母二郎は大きく伸びをして、

「酒飲んで寝るか。かも公、徳利持ってきてくれ」

「左母やん、もうほとんど残ってないで」

「ちっ、しみったれてやがる」

左母二郎は受け取った徳利に直に口をつけ、残っていた酒を喉に流し込んだ。

◇

翌日の昼過ぎに起きた左母二郎と並四郎は、残っていた飯を茶漬けにし、大根の漬けもので二杯ずつ食べた。そのあと、松浦家の蔵屋敷へと向かったが、長町から堂島まではかなりの道のりで、着いたころにはすでに腹が減っていた。

「どないして其角に会うのや。わてがどこぞ大家《たいけ》の若旦那、ていうことにして、会うてくれるよう頼もか」

「そんなまどろっこしいこと言ってられるかよ。——そこで見てな」

左母二郎はいきなり蔵屋敷の門番につかつかと近寄ると、

「おう、ここに俳諧師の其角てえやつが泊まってるはずだ。そいつに用があるんで、面ぁ貸してくれって、そう言ってきてくんな」

「な、なんだ、おまえたちは。どこのだれかもわからぬ相手を取り次ぐわけにはいかん」

「じゃあ名乗ってやろう。俺ぁ網乾左母二郎てえもんだが、今度の大矢数のことでちいと其角に話があるんだ。そう言やあわかる」

門番は不審そうな顔つきのまま屋敷内に入っていったが、しばらくすると黒い宗匠頭巾をかぶった男とともに戻ってきた。

「ひひひ……私にご用というのはそちらのおふたりですかな」

「おめえが其角かい。——俺ぁ網乾左母二郎。名前《なめえ》のとおりさもしい性質《たち》で、金になることならなんでもする男だ。今度の大矢数興行に金の匂いを嗅ぎつけたんでこうしてやってきた。おめえも悪党なら悪党同士、腹を割って話そうじゃねえか」

「私が悪党？　うひひひ……と—んでもない。私はただの風流人。毒にも薬にもならぬ男です。大矢数の裏だ。——で、私になにをおききになりたいのですか」

「大矢数の裏だ。なにを企んでる」

「なーんにも。私は大坂のひとびとに楽しんでもらいたい、元気になってもらいたい、という思いで興行を打つことにしたまでです」

「嘘こきゃがれ。二万三千五百一句なんて詠めるわけねえだろう。どういう細工があるんだ？」

「これはしたり。二万三千五百一句、詠めぬことはございますまい。西鶴さんはたしかにお詠みなさいましたよ。私もこの目で見たのだから間違いありません。うひっひっひっ……」

「西鶴にはそれだけの才があったんだろうよ。でも、東鶴には無理だろう」

「同じ阿蘭陀流ですから、できるでしょう。私はそう信じておりますよ。ひひひひ……」

「おめえ、その薄っ気味の悪い笑い方、やめねえか。背中がもぞもぞすらい」

「失礼しました。ひっひっひっ……」

「じゃあ、どうあっても手の内を明かさねえってんだな」

「手の内もなにも……これは正々堂々の試合でございます。裏があるだのなんだの……とんだ言いがかりで……」

「賞金はどうなったんだ。紀文から借りられたのけえ？」

「もちろんです。すでに為替《かわせ》で受け取ってございます」

「もし、太田原が勝ったらその金はどうなる」

「当然、太田原さまに差し上げる、ということになりますな」

「東鶴が勝ったら？」

「太田原さまの三千両を東鶴がもらう、ということになります」

「おめえと折半なんだろ」

「いえいえ、私は一文もいただきません。ただの立ち会いですからな。——もうよろしいですか？　私もいろいろ忙しいもので……」

「わかった。——だったら、俺も勝手にやらせてもらうぜ」

「ひと言だけ申し上げておきますと、廻船問屋の件やら鬼ヒトデ一家の件やら、あまりちょろちょろされると目障りになります」

「へええ、どうして俺が廻船問屋を嗅ぎまわってることを知ってるんだ？　ああ、そうか。おめえ、もしかしたらあの浪人も……」

「ふふっ……ふふふふふ……大矢数興行を邪魔するつもりなら、私は相手がどなたであろうと手加減いたしませんからどうぞそのおつもりで……」

そう言うと、凄まじい眼光で左母二郎をねめつけた。

（う……）

その瞬間、かつて感じたことのないようなおぞましさが左母二郎の身体を這いまわった。それは其角ではなく、其角の後ろにこの世に禍《わざわい》を招く巨大な悪意の塊があり、その「なにか」が発しているように思えた。言葉にならないおぞましさは、すぐに消え失《う》せた。左母二郎がよろよろと後ずさりしているのを見て、其角は屋敷のなかに入ってしまった。

「どないしたんや、左母やん」

駆け寄ってきた並四郎が言った。

「なんでもねえ……ちょっとふらついただけだ」

並四郎はなにも感じなかったようだ。ふたりがすぐ隣にある早良家の蔵屋敷に向かうと、ちょうどなかから船虫と、坊主頭をてかてかに光らせた中年男が出てくるところだった。手には薬箱を持っている。

「おう、馬加先生」

呼ばれて医者はこちらを向き、酒臭い息を吐いた。

「たしかあんたは網乾……」

「左母二郎だ。太田原を診てやってくれたけえ？」

馬加大記はうなずいた。船虫が、

「聞いとくれよ。太田原さんの右腕、治るんだってさ」

「ほう……」

馬加は、

「腱は切れてはおらず、炎症を起こしているだけだった。鍼を打って、薬を出しておいたゆえ、毎日塗ればよくなるだろう」

「弓を引くこともできるってことか」

「ああ、元通りになる」

「しめた。これで五分と五分だ」

「なにをしようとしているのか知らぬが、今度の大矢数にからんだことのようだな。わしも見物に行くつもりにしておる」

「ほう……あんたはどっちが勝つと思う」

「わしは弓矢のことはわからんが、俳諧をたしなんでおるゆえ、東鶴という御仁に肩入れしようと思うておる」

「俳諧に詳しいのか。そりゃいい。話を聞かせてくれ」

「かまわんよ。久しぶりだ。一杯飲みにいかぬか」

「あいにくこのあとまだ仕事があるんだ。――そうだな、晩にでも弥々山で飲むか」

「二ツ井戸の煮売り屋か。元盗人の店だな」

さすがによく知っている。馬加はにやりとして、

「船虫ちゃんも来るんだろうな？」

「行くけど、あんたの隣に座るのはお断りだよ」

　馬加は額をぴしゃりと叩くと、ふらふら歩き去った。三人はその足で北浜の山城屋に向かった。左母二郎はふたりを表に待たせると、自分だけがなかに入った。

「あんさん、また来なはったんか」

　番頭がじろりとこちらを見た。

「昨日聞き漏らしたことがあってな」

「なんでおます？　うちは堅い商売やさかい、あんたらみたいな柔らかーいひとらにあんまり出入りされると困りますのや」

「わかってらあ。ひとつだけききてえんだ。おめえ、東鶴こと三島屋宗八が半年ほど前《めえ》に船を借りにきた、と言ってたな」

「へえ、申しました」

「その船をなにに使ったかは知らねえとも言ってたな」

「へえ……それがなにか？」

「そのときの船頭や水夫《かこ》なんぞもおめえが手配したのか？」

「いえ……それは三島屋はんが昔の仲間に声かけたようでおます」

「そいつらの名前《なめえ》や居所を知らねえか？」

「ひとりだけ心当たりがおますけど……なんでだすねん？」

左母二郎は番頭に近寄ると、なにごとかを耳打ちした。番頭の顔がみるみる青ざめた。

「ほ、ほんまだすか。それは……どえらいことやがな。証拠がおますのか？」

「今から集めるのよ」

「ほんまやったらうちも関わり合いになってしまう。どないかなりまへんか」

「俺に手を貸してくれるなら悪いようにはしねえ。お上にはきちんと申し開きができるようにしてやるぜ」

「お願いしますわ。よろしゅう頼みます」

そう言うと番頭は帳面を繰り、東鶴が雇ったであろう水夫の名と住まいを探し出した。

「具足屋町《ぐそくやちよう》 朝日神明社《あさひしんめいしや》裏作兵衛店《さくべえだな》の加太兵衛《かたべえ》か。わかった。――邪魔したな」

番頭はすがるような目で、

「くれぐれもよろしゅうに……」

左母二郎の背中に深々と頭を下げた。出てきた左母二郎に、

「どやった？」

「今から具足屋町に行くぜ」

三人は高麗橋《こうらいばし》を渡ると、松屋町《まつやまち》筋を南へ下った。加太兵衛の住まいはすぐにわかった。

「おい、加太兵衛、出てきやあがれ！　出てこねえならこの戸ごと蹴破るぞ！」

左母二郎が怒鳴りつけると、長屋の戸が開いて、寝起き姿で無精髭の男が目をこすり

ながら、

「な、なんやねん……わて、酔うて昼間から寝とったんや……」

左母二郎が踏み込んで男の胸倉を摑み、

「おめえ、東鶴の船に乗ったよな。ネタは上がってんだ。全部吐いちまいなよ」

加太兵衛は怯えた表情で後ずさりし、

「おおおおまえら、町奉行所の手のもんか？」

「そうじゃねえ。俺は……」

左母二郎が言いかけたとき、男が飛び込んできた。

「加太兵衛、逃げろ！」

それは、左母二郎を襲ったあの浪人だった。顔が真四角だからすぐにわかる。

「す、すまん、山椒淵《さんしょぶち》の旦那。あとは任せまっさ」

浪人の脇をすり抜けて出ていこうとした加太兵衛を、浪人はその背後から抜き打ちに斬りつけた。

「うがあっ……なんで……わてを……」

加太兵衛は倒れた。左母二郎は不快そうに、

「口封じか。ひでえやり方だな」

「こやつは今、わしにぶつかった。武士に対し無礼なので斬り捨てたまでだ」

「俺としたことが……山城屋からつけてやがったのか」

浪人は無言である。

「──おい、やるか？」

左母二郎は刀の鞘を叩いた。

「そうだな。おまえはどうせ殺《や》らねばならぬ相手だ……」

浪人は刀を構えた。左母二郎は、

「おい……そろそろ名前《なめえ》を聞かせてもらってもいい頃合いじゃねえのか？」

「山椒淵毛《も》須《す》内《ない》と申すものだ」

「馬庭念流《まにわねん》だな」

「さよう……」

「それほどの腕があるのに、東鶴の手先になってるのはどうしてだ」

「わしの雇い主は東鶴ではない」

「じゃあ其角か」

山椒淵は少し口ごもったあと、

「恩があるのだ」

「そうけえ。──行くぜ」

左母二郎は腰を落とし、ゆっくりと土間へ下りた。刀はまだ鞘のなかだ。

「また、居合いか。その手には乗らんぞ」

山椒淵は左母二郎との間合いを計りながら、横へ移動していく。居合い抜きには刀を抜き払うだけの空間が必要だが、それができない位置へと左母二郎を追い込もうというのだ。

(俺を雪隠詰《せっちん》めにするつもりか。この野郎……マジでできるな)

左母二郎は一か八かの決意を固め、刀の柄に手をかけた。居合いは一発で決まらなかったとき、そのあとに大きな隙ができてしまう。

(よし……！)

左母二郎が右足を踏み込もうとしたとき、

「今、悲鳴が聞こえたぞ。どこからだ！」

大声とともに複数の足音が近づいてくるのが聞こえた。並四郎が、

「あ、あかん。鬼右衛門や！」

山椒淵毛須内は刀を鞘に収めると、

「どけっ！」

並四郎を突き飛ばし、早足で出ていった。

「ぐずぐずしてたら俺たちが下手人にされちまわあ。逃げるぜ」

三人は大急ぎで長屋を出、山椒淵とは別の路地へ逃げ込むと走りに走った。東横堀沿

いに北へと向かい、ひと気の少ない農人橋《のうにんばし》を渡り……そのあとはどこをどう逃げ惑ったのか本人たちもわからないほど大坂の町をうろついたあげく、気が付いたら長堀橋の橋の上にいた。船虫が欄干に摑まって、

「ああ……もうあたしゃ走れないよ」

並四郎も座り込んで、

「しんど……。えらい目に遭うたで」

「ここまで来りゃあもういいだろう」

左母二郎も荒い息を吐き、唾をぺっと吐き捨てると、

「まさか殺しまでやるたあ思わなかったぜ。あいつら外道《げどう》だな」

「わても悪《わる》やけど、ああいう悪は嫌いやな。痛い目に遭わしたろ」

「あたしも嫌《や》だね。ひとの命をなんだと思ってんだろう」

しかし、左母二郎は、

「いや……悪にいいも悪いもねえ。俺たちゃとにかく金さえ手に入りゃいいのさ。それを忘れんなよ」

「あんた……それを言っちゃあおしまいじゃないのかい？　あたしたちにも悪の気概ってものがあるだろう」

「そんなこたぁねえ。あいつらも俺たちも同《おんな》じなのさ。だがよ……」

左母二郎は目を細めて、

「可愛げがねえ」

そう言いながら面白くなさそうに夕暮れの道を歩く。

「そろそろ二ツ井戸に行くか」

「弥々山」に着いたころには日は暮れていた。すでに馬加大記は来ていて、ひとりで飲んでいた。

「よう、お三方。待ってたぞ。飲もう。船虫ちゃんはわしの隣だぞ。——どうした、汗を掻いておるな。鬢《びん》がほつれて、ますます色っぽいぞ」

船虫はいきなり馬加の頬を平手打ちして、

「あたしゃ疲れてるんだ。くだらないこと言うんじゃないよ」

「ほっほっほっ……怒ると顔が上気してなんとも言えんなあ」

頬に手のひらの形がついたまま、馬加は舌なめずりをした。

四人は縁台に腰をかけた。亀篠が持ってきた肴のなかに例のカチカチの目刺しがあるのを見て、左母二郎は顔をしかめた。

「馬加先生、そいつぁ食わねえほうがいいぜ。口のなかを切っちまう」

「いやあ、これぐらい硬いものを齧らぬと顎の力が落ちるのだ。豆腐など軟らかいものばかり食うていてはいかん」

「へえ……そんなもんかね」

左母二郎は冷奴《ひややつこ》を箸でつまむと、酒を口に含んだ。

「それで、先生、俺たちゃ俳諧のことはてんでわからねえんだが、一昼夜に二万三千五百句なんて数を詠めるもんかね」

医者は血色のいい顔を撫でながら、

「まあ、無理だな」

「けどよ、西鶴はやったじゃねえか」

「俳諧の連歌というのは、まずひとりが五七五の発句を詠み、それにべつのひとりが七七の脇の句をつける。それを受けてつぎのものが五七五を詠む……という具合に延々と続けていくものだ。しかも、まえの句とあとの句は関わりがあるように詠まねばならない。『付け合い』といって、ひと続きの長い物語を作るわけだ。百韻《ひやくいん》といって、百句でひとまとまりになる」

「なるほど」

「そのほかにもいろいろ決まりごとがあってな、春夏秋冬の変遷や花の句、月の句、恋の句などを置く場所も決まっている。それをすべてひとりでやろうというのだからたいへんなことだ。千六百句や四千句ならなんとかその式目（規則）を守っていけようが、二万三千五百句だとそうはいくまい。百韻を二百三十五巻並べるわけだぞ。まばたきひとつするあいだに一句詠むのだ」

「てえことは……？」

馬加は大徳利から酒を注ぎながら、

「めちゃくちゃ、ということだ。白刃を抜いた首斬り役人のまえで句を詠んでるようなもので、少しでも止まるとその刃が首に降ってくるのだ。考えていたのでは間に合わぬ。中とにかく思いついたことをなんでもよいから五七五七七の形で吐き続けるしかない。中身はどうでもよい。形式さえ整っておれば一句とみなす、ということだ。同じような付け合いが続いたりしただろうな。現に西鶴も、千六百句のときは『西鶴俳諧大句数』、四千句のときは『西鶴大矢数』として出版したが、二万三千五百句興行のときはなにも出さなかった」

「ほな、詠んでないのに詠んだふりをしとるだけかもしれんがな」

「それはあるまい。執筆や指合見《さしあいみ》、脇座などの立会人や後見役、それに大勢の見物客がいたのだから、それらのひとのまえで二万三千五百句を詠んだのはまことだろう。執筆も、西鶴のあまりの速さに句を書くことができず、一句詠んだら紙に棒を引いて勘定していくだけだったそうだ」

「ずるをして、まえもって暗記《そら》で覚えたのかもしれんで」

「二万三千五百句は無理だろう。――だが、考えられるやり方がひとつだけある」

左母二郎は顔を突き出し、

「そう来るのを待っていたぜ。どんなやり口だ？」

「人間、なにもないところから句を考えよ、と言われてもなかなかできぬ。しかし、なにかひとつ言葉を投げられると、そのあとがすらすら出てくるものだ。たとえば、『あさがおや』と言われたら、『あさがおや　ひるに見たとて　同じ顔』ぐらいのことは出る。そうしたら『顔に目鼻のあるぞ悲しき』……と続けられる。また、『つきかげにと言われたら、『つきかげに　尻の灯薄き　ほたるかな』と出てくる。そういうきっかけがつぎつぎと投げかけられたら、なんとか二万三千五百句詠めるのではないかな。詠み手が句に詰まったら、すかさず種になるような言葉をだれかが示す。それだけでもかなり違うだろう」

左母二郎は、廃寺で聞いた「つきかげに……」という言葉を思い出していた。あれはいったいなんだったのか……。

「だれかが隣で詠み手に小声できっかけを渡している、てえのか」

「それはなかろう。耳打ちでもしたらすぐにばれる」

「じゃあ、どうやって……」

「それはわしにはわからん。おまえ方が探り出すことだな」

「ちっ……肝心のところがわからねえ、じゃあ仕方がねえやな。――ところで、先生……東鶴ってやつは、半年まえに山城屋から船を借りた。東鶴は阿蘭陀流の家元だ。そのときの船乗りがさっき口封じに殺された。この三題噺《ばなし》、先生ならどう解くね？」

馬加は目刺しのあまりの硬さに閉口しながらも、

「そんな謎は造作もない。――抜け荷、であろうが」

左母二郎は、にや、と笑い、

「先生もそう思うけえ？」

馬加はあたりを見回してだれも聞いていないのを確かめてから、

「思うも思わぬも……間違いなかろう。わしも清《しん》国や阿蘭陀の薬の横流しは幾度もやったからな。長崎を経ずとも、船を仕立てて紀州灘《なだ》あたりで出会い、船から船に積み替えるのだ」

「抜け荷はご法度だ。手が後ろに回るどころか斬首になるぜ」

「生計《たつき》のためにはやむをえぬ。道修町《どしょうまち》の薬屋でも、抜け荷に関わっている店は少なくないぞ」

「やっぱりね。山城屋の番頭にそのことを言ったら、真っ青になりやがった。連座して入牢《じゅろう》させられるかもしれねえからな」

船虫が、

「東鶴は、廻船問屋だったころから抜け荷をやってて、それで儲けた金を米相場に注ぎ込んでたってことかい?」

「てえことだな。紀文のみかん船同様、博打みてえな商いだから、うまく行くときもありゃあしくじることもある。今度はおおしくじりして、その穴埋めに大矢数興行を企んだ……てえところだろうよ」

「ほな、さっきのやつはその生き証人やったわけかいな。惜しいことをしたなあ……」

左母二郎は煮豆を口に放り込み、

「まだわからねえことだらけだが、面倒臭くなってきやがった。今日のところはこれぐらいにして、飲もうぜ」

湯呑みの酒を一気に干す。酔いが回ってきた船虫が左母二郎にしなだれかかり、

「あたしゃ明日も太田原先生のところに行くよ。右腕が治ったかどうかも気になるし、一日一度はあのお顔を見ないと胸がつかえるのさ」

「ふん、いつもは男を手玉に取ってるおめえにしちゃ、えらく惚れ込んだもんだな」

「そんなのじゃないのさ。あたしゃ、男に惚れることは金輪際ないけど、あの先生がきりっとした顔で弓の稽古をしてるのを見てたら、贔屓《ひいき》役者の役者絵を見てるような気分になるのさ。殿さまに無理難題を押し付けられても真面目になんとかしよう、できなかったら腹を切ろう……なんて、まるで歌舞伎芝居の筋書きみたいでさ、胸がきゅんと締め付けられるよ。やっぱり本物の侍は違うねえ」

「俺だって本物の侍だぜ」

「あんたは偽物だよ。甲斐性《かいしょう》なしの小悪党じゃないか」

「なんでえ、その言い方。この男垂らしのコウモリ女」

「なにさ、その言い方。この働いたこともないごくつぶし」

「なんでえ」

「なにさ」

「なんでえ」

「なにさ」

並四郎や蟇六、亀篠は「またはじまった」ぐらいにしか思っていないが、はじめて聞いた馬加はあわてたようで、

「お、おい、今まで仲良く飲んでいたのだから、喧嘩はやめなされ」

並四郎が、

「先生、気にせんほうがよろしいで。いつものことで、じゃれ合いだすのや」

「なんだ、そうか。心配して損をした。『なんでえ』『なにさ』『なんでえ』『なにさ』……の鸚鵡返《おうむがえ》しがはてしなく続くのかと思うたぞ」

馬加大記がそう言って高野《こうや》豆腐を口にしたとき、左母二郎が、

「おい、先生、今なんて言った！」

血相が変わっている。

「な、な、なんだ。心配して損をした、と言ったのが気に障ったのか？」

「そうじゃねえよ。そのあとだ」

「だから……『なんでえ』『なにさ』『なんでえ』『なにさ』……」

「そのまたあとだよ！」

「鸚鵡返しがはてしなく……」

「そいつだ！」

左母二郎は縁台から立ち上がると、

「こいつを見てくれ」

そう言ってふところからふたつに折り畳んだ懐紙を取り出し、皆に見せた。

「どうでえ、こんなことはありえねえかな。さっきの馬加先生の、きっかけ言葉をもらえれば続きを思いつくって話だが……」

それから左母二郎が話した内容に一同は驚きを隠せなかった。馬加が、

「まさか、とは思うがありえぬことでもない。しかし……そんなことを東鶴が考えつくだろうか」

「東鶴にゃあ無理でも、其角なら考えつくかもしれねえ」

船虫もこわばった顔で、

「じゃあ……西鶴のときも……」

左母二郎はうなずいて、

「其角がわざわざ大坂まで後見に来たんだ。そうだったかもしれねえな」

一同は顔を見合わせた。

五

江戸城中奥にある側用人控えの間で、柳沢保明は、大法師《ちゆだい》からの書状に目を通していた。継飛脚《つぎびきやく》によってたった今もたらされたものだ。継飛脚は公儀の御用便である。上方からだと京都所司代《しよしだい》と大坂城代しか使うことを許されていなかったが、、大法師だけは例外的にその使用を許可されていた。大坂から江戸までを、宿場宿場で引き継ぎながら三昼夜で走り切る。

（ふむ……紀文と宝井其角、それに早良義明による通し矢と矢数俳諧の勝負か。面白そうではないか……）

紀伊国屋文左衛門は幕府御用達の材木商であり、公儀の貨幣の改鋳にも深くかかわっている。保明とも親しい。

（なになに……勝ちを得たるものは文字の浮かびし水晶玉を景物として供されるとのこ

と、もしや伏姫さまの玉にはあらずやと調べたるところ……なんだ、違《ちご》うておったのか）

保明は、これは綱吉に報告するまでもない案件だと思い、そのままふところに入れて、中奥を出た。保明の屋敷は江戸城外郭の常盤橋《ときわばし》内にある。そこに帰ろうと表向きの玄関を出たとき、

「出羽守さま……」

話しかけてきたものがいた。

「おお、鯉屋か」

鯉屋杉風は、公儀御用達の御納屋《おなや》（魚問屋）である。

「今からお戻りですか」

「ああ、今日も一日くたびれたわい。おまえは商いの打ちあわせか？」

「はい、鯛《たい》の仕入れをどうするか、で御膳奉行さまと……」

「ご苦労だな。生類憐みの令のせいで、貝やエビはこの城に持ち込めぬし、魚を生きたまま売り買いすることもできぬ」

「へえ……生きのいい鯛をお届けできないのは残念でございますが、なんとか上さまに美味しく召し上がっていただけるよう工夫しております」

杉風とは長年の付き合いである保明だが、商人としても人格に優れ、ひと当たりも柔

らかく、禅や絵画、茶道、俳諧にも秀でており、町人とはいえ一目も二目も置いていた。だれにでも愛情を注ぎ、身よりのないものや無宿ものにも私費を投じてその救済を個人的に行っている。

「うむ……頼むぞ」

そう言って行きかかった保明だが、

「杉風……おまえは芭蕉の門人だったな」

「はい、さようで……。師が伊賀から江戸に出てこられてすぐに入門しましたゆえ、なかなかの古株でございます」

「其角というものを知っておるか」

「はは……もちろんでございます。私や嵐雪とともに江戸における芭蕉の門弟としては古老になるかと……」

「どのような仁だ？」

「はあ……どのような、と申されましても……」

杉風は言いにくそうにしばらく黙ったあと、

「一時は『草庵に梅桜あり、門人に其角嵐雪有り』と芭蕉師に評されるほどでしたが、のちには『其角・嵐雪が義は年々古狸よろしく鼓打ちはやし候はん』と難じられるようになりました。俳風もがらりと変わり、まるでひとが違ったようになってしまい、手前もどういうことかと案じておりました」

保明の目が光った。

「大酒を飲むようになり、酒席でも傍若無人、無法なふるまいに及ぶことたびたびにて、取り巻いていたものたちもひとり離れ、ふたり離れ……」

「かなり狷介《けんかい》な人物のようだな」

「以前はそんなことはなかったのですが……不思議なものですな」

杉風はお辞儀をして去っていった。保明はその後ろ姿を見送ったあと、

「そう言えば、今日は紀文も城に来ておるはずだ……」

とつぶやいた。

◇

三日ほどのちの昼過ぎ、船虫が左母二郎たちの隠れ家にやってきた。左母二郎はまだ熟睡していた。カッとした船虫はその枕を蹴り飛ばした。

「なにしやがんでえ！」

「いつまで寝てるんだよ。世の中にはね、朝早くから働いてるひとがたんといるんだ。とっとと起きて、仕事に行きなよ」

「仕事って……俺ぁ定職に就いたことがねえんだぜ」

生あくびをしながら左母二郎は煎餅布団のうえにあぐらをかいた。

「そんなことはわかってるさ。大矢数興行のことを探りにいきなって言ってるのさ」

「もう、いいんだ。やることたぁやった。あとは当日だ」

「かも公はどこだい？」

「二階で寝てらあね」

「いいのかねえ、そんな呑気《のんき》に構えてて。あたしゃ今日も、太田原さんに会いにいってきたよ」

船虫は、興行の鍵を握る太田原の回復の度合いを知るため、見舞いと称して連日、稽古の様子を見にいっている。其角は、左母二郎と対面した日のうちに松浦家の蔵屋敷を引き払い、どこかに宿替えしてしまったようだ。

「へっ、毎日毎日よく続くもんだ。向こうもさぞ迷惑がってるだろうよ」

「と―んでもない。いつも大感謝されてるよ」

そう言って、船虫は今朝の太田原の様子をしゃべりはじめた。

「先生、右腕の塩梅《あんばい》はいかがでございますか。これはお見舞いのお菓子でございます。こちらに置かせていただきます」

船虫が、蔵屋敷の中庭に設けられた弓術場で稽古に励んでいる太田原十内に声をかけると、

「おお、お船殿か。いつもすまぬのう」

太田原は弓を引く手を止めると白い歯を見せて笑い、

「塩梅はたいへんよい。先日の鍼が効いたのだな。いくら引いても腕が疲れぬし、痛くもならぬ。昨日も半日で四千本通せた。この分なら一昼夜で八千百三十四本、通せるかもしれんぞ」

「それはようございました」

「わずかながら希望が出てきた。お船殿や皆さんのおかげだ。ありがとう」

「なにをおっしゃいますやら……」

「もうすっかり本復したゆえ、見舞いの品はこれ以上は辞退いたす」

「先生に勝っていただきたいという主からの心ばかりの口よごし。どうぞお納めを……」

「はははは……お船殿にそう言われるとついもろうてしまうわい」

「では、稽古のお邪魔になりましょうから、これにて失礼いたします」

「ああ、主殿と馬加先生によしなにお伝えくだされ」

船虫は満足げな顔で蔵屋敷を出た。すると、そこに其角が立っていた。宿替えしたはずなのに、といぶかしむ船虫に、

「あんた、毎日、太田原さんのところに来ているらしいが、どこのどなたかな」

「弓具屋の女子衆《おなごし》をしているものでございます。主の言いつけで、太田原先生のお加減を拝見しにきております。弓具屋としては、俳諧に負けとうはありませんので」

「主に申し伝えなされ。太田原さんは右腕を痛めておられるゆえ、勝つ気遣いはない、とな。ひひひ……ひ……」

船虫はその笑い方にぞわぞわしながらも、

「おあいにくさま。どうやら太田原先生の勝ちのようです。このまえ主が口利きをした医者が鍼と膏薬《こうやく》で先生の右腕を治してくださいました。昨日も半日で四千本を通した、とのことでしたよ」

ちょっとむかついたのでそう言い放つと、

「なんだと……？　腕が治った？」

「はい、すこぶる調子がいい、とおっしゃっておいででした」

其角は早良家の蔵屋敷の方をちらと見ると、

「ほう……それは……よかったですな。先生が回復なすったなら、試合はいよいよ面白くなります」

押し殺したように言って、

「――どこかに行っちまったよ」

船虫は左母二郎に向かってへらへらと笑った。しかし、左母二郎は笑わなかった。

「そうか……そりゃあ……まずいな」

「なにがまずいんだい？」

左母二郎はそれには答えず、土間へ下りて水を飲んだ。船虫が、

「あたしゃかもめの野郎を起こしてくるよ」

そう言って二階に上がり、下りてきたときには左母二郎の姿はどこにもなかった。

◇

「なに？　殿からの使いのものが来ておるとな？」

門番からの報せに、太田原十内は眉根を寄せ、持っていた弓を置いた。中庭にしつらえた稽古場は、三十七間ある長い縄を数本張り、これを屋根に見立てたもので、その縄の途中までしか届かなかったり、矢が縄に触れたりすると失敗である。

「昼夜の別なく寝ずに稽古に励め、そのほかのことは一切するな、と仰せだった殿がなんの用件だ」

「なんでも、右腕が治ったとお聞きになられ、今の仕上がり具合を検分したい、とのことだそうで……」

「大坂へ参れと言うておられるのか？」

「いえ……近くの川端にひと目のないところがあるから、そこまで来てほしい、と……」

「近くにおられるなら、ここの稽古場にお越しいただいた方がようご検分いただけるのに、なにゆえ川端なんぞで射を披露せねばならぬのだ……」

「さて……それは……」

「まあ、よい。行って参る」

太田原が門のところに行くと、待っていたのは裾の短い六尺半纏《はんてん》を着、脇差《わきざし》を差し、月代を広く剃った中間《ちゆうげん》風の男だった。

「殿がお呼びとはまことか」

「へえ、弓矢だけをお持ちくださるようにとのことでおます」

太田原はなにか違和感を覚えた。たしかに中間の恰好はしているが、大坂定番の奉公人としては物腰や言葉遣い、着付けなどが渡り中間のようで、胡散臭《うさんくさ》いものを感じたのである。太田原はまえを歩く男に、

「貴様、名はなんと申す」

「へ、へえ……名乗るほどのものやおまへん」

「殿に直《じか》に仕えておるわけではあるまい。だれの下で働いておる」

「へ、へえ……まあ、なんと言うやら……」

「殿は家来を連れてきておられると思うが、何人ほどだ」

「へ、へえ……」

「貴様、へえ、しか言わぬな。名前はもしや平助《へいすけ》か」

「へ、へえ……」

中間はおどおどした目であちこちを見渡していたが、

「あ……あそこでおます。殿さまがいてはります。どうぞ、河原へお下りください」

そう言うと、松が鬱蒼《うつそう》と茂ったあたりを指差した。堂島川ではなく土佐堀川《とさぼりがわ》に面したひと通りのない薄暗い場所で、土手からも対岸からも木々で目隠しされている。

「このような場所に殿がおいでか」

「へ、へえ……お殿さま、首を長うしてお待ちだっせ。早う行っとくなはれ」

「貴様、まことのことを申せ」

「ああ、もう早う行かんかい！」

中間は太田原の背中をいきなり突いた。

「う、わあわあわあ……」

太田原は土手の斜面を転げ落ちた。あわてて立ち上がったとき、

「待っていたぞ」

まな板のように四角い顔の浪人がすでに刀を抜いて立っていた。刀を持たぬ太田原は弓を刀のように構えながら、

「貴様……なにものだ。東鶴に雇われた刺客か？」

「ふふ……ふふふ……」

浪人は含み笑いをしながら、

「おまえの右腕が治ると困るものがいるのだ。少しばかりまた腕に怪我をしてもらおうと思うてな」

そう言いながらいきなり踏み込んできた。なんとかかわしたが、凶暴な太刀筋で、その剣風は触れると火傷《やけど》しそうなほどの熱さだった。

（脅しではないな……）

そう覚《さと》った太田原だが、剣術の腕の違いは明らかで、じりじりとあとずさりせざるを得なかった。太田原は弓は上手いが、剣の方はさほどでもない。今、この男と斬り結んだら負けることはわかっていた。しかし、少しずつ少しずつ後退する。足が川の水に浸かった。浪人が太刀《たち》を振りかぶった。

「でええっ！」

凄まじい気合いとともに浪人は突っ込んできた。太田原は弓柄《ゆづか》で払ったが、弓はきれいに両断された。もう、あとはない。太田原は弓をその場に捨てた。

「ふふふ……」

浪人はしばらく笑っていたが、急に真顔になり、

「ちぇえええい！」

正眼《せいがん》から真っ向に、空気が焼けるような一撃を放った。もう、だめだ……と太田原が観念したとき、

「ああ……がっ、あああ……」

浪人は右目を押さえてのけぞった。そこには目刺しが突き刺さっていた。土手を黒い着流しを着た浪人が駆け下りてきた。

「よかった。間に合ったぜ」

そして、太田原をかばうようにそのまえに立ち、

「目刺しが硬えといいこともあるな。——おい、山椒淵……ぼやぼやしてねえで早く医者に行ったほうがいいんじゃねえか?」

「くそっ……覚えておれ!」

山椒淵と呼ばれた浪人は目刺しを抜き取って地べたに叩きつけると、身を翻して走り去った。

「かたじけない。尊公のおかげをもって命拾いいたした。なにとぞご姓名を承りたい」

「俺ぁ網乾左母二郎ってもんだ。命拾いって言うけど、向こうはあんたを殺すつもりはねえ。ただ、八千百三十四本通されちゃ困るってだけさ」

「弓術をもって上《かみ》に仕えておるそれがし、腕を怪我させられることは殺されたも同じでござる」

「ふーん？　あきれたもんだ。しくじったら自分もわが子も殺されるてえのに、殿さまにそこまで忠義立てするかねえ？　俺にゃあ生涯わからねえだろうな」

「すでに戦乱の時代は過ぎ、この太平の世において武士が生きていくには忠義の二文字を守るか、尊公のように浪人するかしかないが、いずれにしても苦しいに違いはござらぬ」

「はは……あんた、聞いてたとおりだ。真面目過ぎるんだよ。もうちいと、肩から力を抜いたらどうでえ。でねえと、弓だって通らねえぜ」

「ご忠告痛み入る。――ところで、なにゆえもってそれがしのお味方をしていただいたのか」

「味方なんてしてねえよ。さっきの浪人と一緒だ。俺ぁあんたが東鶴と五分と五分の勝負をしてくれねえと困る……そういう立場にいるだけだ。ひとつだけ言っておくけどよ、今から試合の日までは、だれから使いが来ようと蔵屋敷から出ねえ方がいいぜ」

「あいわかった。屋敷の奥の部屋に引き籠り、だれとも会わず、ただ弓の稽古に専心しよう」

「頼むぜ」

左母二郎は太田原に背を向けた。

◇

通し矢と矢数俳諧の対決を明日に控えた夜、浪花の地にとんでもない噂が駆け巡った。あの怪盗かもめ小僧から住吉大社に、「住吉大社宮司殿、御差し支えなくば明日《みようにち》からの試合の間に六千両と景物の水晶玉を頂戴すべくそちらに見参いたしまする。かもめ」と書かれた書状が届いた、というのだ。

「これを見逃したら浪花っ子の名折れや！」

「おもろなってきたでえ！」

「かもめ小僧、ほんまに盗めるやろか。なんぼなんでもいっぺんに六千両持っていくのは無理やろ」

「いやあ、あいつのこっちゃ。なんぞ工夫があるのやろ」

「とにかく見にいこ」

「行こ行こ！」

たいへんな騒ぎである。通し矢と矢数俳諧、どちらが勝つか、だけでも興味深いのに、そこにかもめ小僧がはたして金を盗めるか、という話題が付け加わったのだから、暇な大坂の連中は寄ると触るとその話だ。

「宗匠、よろしいのか」

住吉大社にほど近い借家のなかで、東鶴はするめの足を口にくわえて酒を飲みながらそう言った。

「かまいますまい。興行の人気が上がってけっこうなことです。木戸銭がたんまり入るわい。それに、金を盗まれる気遣いはない。私たちの方の千両箱ははじめから石ころだし、早良家の方もすでに私たちがひそかに抜いてしまっているのですから、かもめ小僧とて、ないものは盗めません。水晶玉も、あんたが抜け荷で阿蘭陀船から仕入れたもんだが、まことは水晶ではなくただのギヤマンの玉。それほど高い代物ではないから、かもめ小僧にくれてやってもこちらのふところは痛まない。ひっひっひっひっ……」

其角はニタリと笑った。

「宗匠は落ち着いとるけど、わしは気が気でなりまへんわ。もし、上手いこといかなんだら……」

「西鶴のときも上手くいった。此度も上手くいくだろうて」

「わては、あんたが太田原は右手の筋を痛めてるさかい勝つ見込みはない、て言うから今度のことに乗ったのや。話が違うで……」

其角は急に形相を変えて、

「今さら泣き言を言うな、この脆弱者《ぜいじやくもの》！」

「けど、太田原が先に八千百三十四本達成したら……」

「そうならぬように、あれこれと手は打ってある。――のう、親分」

其角が顔を向けたところに座っているのは鬼ヒトデの海胆右衛門だ。隣に傲慢屋砂五郎もいる。海胆右衛門はかなり酔っている様子で、

「うははは……任しとくなはれ。太田原に先は越させまへんわい」

砂五郎が東鶴と其角を半々ににらみ、

「ほんまになんとかなるのやろな。かならず大儲けでける、金は返す、ゆうさかい、わしはおまえらに肩入れすることにしたのや。あかんかったらどないしてくれる」

其角は干し豆を齧りながら、

「傲慢屋さん、こういう大仕事をするときはしくじったときのことなど考えてはいけません。ひひひひひ……」

傲慢屋砂五郎はほとほと感心したような顔で、

「其角さん、わしも長年後ろ暗い商いしとるけど、あんたほどの悪《わる》は見たことないわ。なんでそこまでできるのか知りたいぐらいや」

「ひひひ……ひ……そんなに褒めてもらっても小遣いは出やしません。私はおのれがさほどの悪党だとは思うてはおりませんがな……ただ、大坂をな……」

「大坂を?」

「そう、大坂という町を滅茶苦茶《めちゃくちゃ》にしてやりたいのです」

「大坂に恨みでもあるんか？」

「さあ……ようわかりません。けど、今は、大坂を潰してしまいたい、ぐらいに思とります」

其角はぐいと酒を飲み干し、東鶴に言った。

「明日の仕込みはもうできていますのか？」

「へえ、言われたとおり、床下に仕込んでおます」

「それでいいでしょう。あとは、明日を待つばかり。ひひ……ひひひひ……ひひひひ……」

其角の笑い声が借家に低く響いた。

◇

「お頭！」

西町奉行所盗賊吟味役滝沢鬼右衛門が、涙目で叫んだ。

「住吉大社にかもめ小僧の予告状が来たる件、なにゆえそれがしに指揮を執らせていただけぬのですか！」

町奉行北条氏英は苦々しい顔で横を向いている。

「先日、わしはおまえに告げたはずだ。度重なるかもめ小僧捕縛の不首尾により、おまえはかもめ小僧の一件から外し、抜け荷の詮議を命ずる、とな」

「それはわかっております」

鬼右衛門は北条のすぐそばにまで近づき、唾がかかるほどの距離で大声で言った。

「ところが……ところがです！　それがし、お頭の言いつけのとおり抜け荷の詮議をしておりましたるところ、具足屋町の長屋にてひと殺しの現場に行き会いました。書き留めを挙げておきましたが、お読みいただきましたか」

「いや……ひと殺しがあったことは存じておるが、多忙にて中身はまだ読んでおらぬ」

「殺されたのは加太兵衛という船頭でございましたが、その部屋を調べてみたるところ、床下から南蛮渡来の品とおぼしきものがいくつか出て参ったのです。蘭法薬やギヤマンの湯呑みなど、船頭が所持するにはふさわしくない品々。おそらく加太兵衛は抜け荷に関わっていたと考えられます」

鬼右衛門は北条の耳もとで叫ぶように言った。

「しかも、このものは半年ほどまえも急仕立ての廻船に船頭として雇われておりますが、雇い主はなんと、此度、住吉大社で矢数俳諧の勝負を行う山村東鶴こと三島屋宗八でございます。三島屋宗八はかつて小さな廻船問屋を営んでおりまして、加太兵衛はそこの奉公人でございました。東鶴が抜け荷に加担しておることは間違いありますまい」

「うるさい。もう少し大声を出さぬようにせよ」

鬼右衛門はますます声を上げ、

「これが大声を出さずにおれましょうか！　加太兵衛を殺した下手人はわかりませぬが、おそらく抜け荷仲間のいざこざではないか、とそれがしは考えております。その東鶴が出る興行にかもめ小僧が参る……となれば、それがしの出番ではありますまいか。それがし、お頭がおっしゃったとおり、抜け荷の詮議を真面目に行っておりました結果、東鶴に行きついたのでございます。なにとぞ……なにとぞ今ひとたびだけ、それがしにかもめ小僧召し捕りの指揮を執らせてくだされ。お願いでござる！　お願いでござる！　お願いで……」

「あああ、わかった！　好きにいたせ！」

「ありがとうございます！　好きにさせていただきます！　ご免！」

言うだけのことを言って、滝沢鬼右衛門は町奉行の居間から出ていった。残されたのは、耳がじんじんと痛む北条氏英であった。

◇

ついにその日が来た。夕方近い暮れ六《む》つのころ、住吉大社の境内に作られた舞台の周りは大勢の見物人であふれかえっていた。紅白の幔幕《まんまく》に覆われた会場の外にまで、入り切れなかったひとびとが、

「おーい、入れてくれ！」

「わざわざ摂津《せっつ》から来たのや。入れてんかー」

「わしは大津《おおつ》から来たんや」

「あかんあかん、前売りのないもんは入られへんで」

「だれか前売り持ってへんか。わて、倍の値で買うで」

「アホ！　今の相場は元値の三十倍や。それでよかったら売ったるわ」

「えー、そんな高いことになってるんか」

「こらあ、幔幕の下から潜り込もうとしてもあかんぞ！」

「堪忍してくれ。どうしても見たいのや」

「えー、甘茶はどないだすー」

「うどん一杯十六文〜」

たいへんな騒ぎである。

東側の長い軒の端には、白い衣装を着た太田原十内が床几《しょうぎ》のうえに着座して控えている。押し手掛けという白革の弓掛《ゆが》けを左手にはめ、右手には堅帽子という弓掛けを挿し、白い胸当て、白い肩当てをつけて、合図が来るのを今や遅しと待っていた。軒の長さは京の三十三間堂と同じく約六十六間。その反対の端には赤い旗を持った旗振りがふたり左右に立っていて、首尾よく矢が通ったら、

「通り、通り！」

と言って旗を挙げる。両名が挙げないと通ったことにならない。一本通ると、太鼓役が太鼓を叩き、見物衆にそれを知らせるのだ。その脇には目付と呼ばれる検分役がいて、旗振りがちゃんと役目を果たしているかどうかを検《あらた》める。今日の目付は、大坂定番であり大名でもある早良伯耆守義明である。もちろん、丸一昼夜かかる試合であるから、旗振りも目付も複数人が交代で行うことになっている。また、線香見といって、おおまかには蠟燭が、細かくは線香一本が立ち切ったことで時間を計る係、体調が悪くなったときのための医者や介添え役、千本ごとに住吉の神に奉納する幣《ぬさ》を持つ係なども控えている。

西側には縦横四間四方ほどの舞台が組まれ、高さは四尺ほどだから、かなりの高さである。側面はすべて分厚い紅白幕で塞がれており、一か所に階段がある。舞台のうえには宗匠頭巾をかぶり、羽織袴《はかま》をつけた山村東鶴が中央の床几に腰かけている。左手に扇子を持ち、これまた合図が来るのをまだかまだかと待っている。脇息《きょうそく》代わりか、小さな木箱が横に置かれており、そこに肘を乗せている。東鶴の脇には検分役の宝井其角ほか一名が座り、ふたりの執筆役が小机に座して墨を磨《す》っている。一句詠めたら検分役が、

「通り、通り！」

と呼ばわって、執筆役が帳面に棒線を引く。この数を千句単位で勘定して、やはり幣を奉納するのだ。もちろん、矢継ぎ早に詠まれる句が連歌の式目に合致しているかどうかを調べる指合見という役もいるし、通し矢同様、線香見や医者もいる。

そして、東と西のあいだにはそれぞれ三千両ずつ、計六千両の千両箱が積まれ、大きな水晶玉が一個、三宝に載せられていて、衆目を集めている。これらがあのかもめ小僧が盗むと公言しているものなのだ。

東と西の舞台全体を葭簀で囲い、そこに見物客を入れているのだが、まさに立錐《りっすい》の余地もない状態で押し合いへし合いである。葭簀の周りにはさらに幔幕があり、その外には東西大坂町奉行所の同心や捕り方たちが待機していた。もちろん指揮官は滝沢鬼右衛門である。火事羽織に野袴をつけ、黒い陣笠をかぶっている。

「これから一昼夜の大勝負だ。皆のもの、ぬかるでないぞ。居眠りするやつがいたら、わしが斬り捨てるぞ！」

たいへんな意気込みである。今回しくじったらもうあとがないのだ。

やがて定刻となり、太鼓が打ち鳴らされた。続いて雅楽の音が響き、住吉大社の宮司が神前に玉串を奉奠《ほうてん》し、開会を告げた。ふたたび太鼓が打ち鳴らされ、とうとう試合がはじまった。東側では心地よい弓鳴りが聞こえはじめた。太田原は縁のうえに置かれた小さな腰掛けに座して弓を射る。これが通し矢の作法である。

「通り、通り！」

太田原は落ち着き払って快調に弓を通していき、しくじりはほとんどない。目付役の早良義明も一矢通るごとに満足げにうなずいている。同時に西側からも句を詠む声が聞こえてきた。発句は、

「阿蘭陀に思いをはせる大矢数」

脇句は、

「思うがままに叩く軽口」

三句目は、

「僧堂で叩く木魚のうるささに」

である。しかし、太田原の落ち着きに比べると、顔を真っ赤にして声を張り上げようとしているものの、なにを言っているのかあまりよく聞こえない。はじめのうちはおそらく、まえもって暗記していた句を並べ立てているのだろう。一応、途切れることなく五七五と七七を吟じている。指合見たちもいちいちうなずき、執筆役は棒線を引きまくっている。だが、日が暮れて一刻が過ぎ、二刻になると、様子が変わってきた。顔色は青ざめ、息も絶え絶えになり、

「く、苦しい……眩暈《めまい》がする……」

と言って扇を落とし、その場に突っ伏してしまった。其角がそこにあった筆洗の水を

頭からぶちまけ、

「しっかりせぬか、このへたれ者めが！」

そう怒鳴りつけると、ようよう息を吹き返した。其角は東鶴の耳もとに口を寄せて、

「達成できぬと死ぬことになる。わかっているのか」

東鶴はぶるっと震えた。

「もう持ちまへん。例の手をお願いしまっさ」

「わかった。かねての稽古どおり、箱に耳を当てよ」

東鶴は身体を歪めると、横に置かれていた木箱におのれの耳をあてがった。検分役のひとりが、

「あいや、東鶴殿、その木箱はなんと……？」

「これはわが師西鶴から譲りのものにて、師が脇息代わりに使っていたもの。持っていると落ち着き、句想がつぎつぎと湧いて参るのでおます。なかから句を書いた紙を取り出す、などという不正は一切しませんよって、どうぞお許しを……」

「うむ、わかった。ただし、不審な行為があればすぐに咎《とが》めるぞ」

「けっこうでおます」

そのあとの東鶴は、まるで別人になったように句をつぎつぎとよどみなく吐き散らかした。ひとつひとつの句はでたらめもいいところだが、連歌の式目には適《かな》っており、目

付たちも認めざるをえない。千句、二千句、三千句……と積み上げていくさまは、西鶴が乗り移ったかのごとくだった。

　同様に太田原も通し矢の数を増やしていく。常人ならばとうに腕を痛め、矢の勢いが落ちているだろうが、まるで失速の様子はなく、逆に矢を射る速度は増しているようだ。

「うわあ、五分と五分やなあ」

「試合ゆうのはこうでないとおもろない。どっちもがんばれ！」

「太田原、勝てよ！」

「東鶴、負けるな！」

「かもめ小僧、盗めよ！」

「だれだ、今言ったのは！」

「うわあ、町方や。知らん知らん」

　次第次第に夜が更け、多くの見物は朝になったらまた来ると言って帰宅した。早良義明も、

「よいか、かならず勝つのだぞ」

　と太田原に厳命したあと、後ろ髪を引かれながら屋敷に戻った。眠気を催したものたちも、こっくりこっくりと居眠りをはじめた。通し矢と矢数俳諧の立会人たちは入れ替わり立ち替わりなのでなんとかなっているが、交代できぬものたちがいる。主役である

太田原十内と山村東鶴、そして町奉行所の面々である。

「寝るな！　寝てはいかん。いつかもめ小僧が来るかわからぬのだぞ！　起きろ！　目を見開け！　ちょっとの物音にも気を配れ！　寝たものは死罪だ。寝るな寝るな寝るな寝るなああっ！」

大勢の捕り方たちは必死になって目を開けている。たしかに夜になって、眠気が襲ってきたころが一番盗みやすいだろう。篝火《かがりび》が焚《た》かれるなか、同心や捕り方たちはなんとか気を張ってこらえていた。あとで考えると、これがいけなかったのだ。交代で眠ればよかったものを、全員を無理矢理起こしておいたからあとでしわ寄せが来たのである。

そんななか、太田原も東鶴もなんとか記録を伸ばしていた。丑の刻頃には、太田原はすでに四千本中、三千本を通していた。目標の八千百三十四本の三割七分ほどの達成率である。一方の東鶴は、まだ七千句ほどでこれは目標である二万三千五百一句の三割程度である。

夜の冷気が両舞台を包むなか、ひとりの男がこっそり地面を這うようにして太田原の背後に回っていった。大量の射出をすればどうしても弦《つる》が切れる。そのときのために太田原は代えの弓をいくつか用意してあったのだが、男はそこに近づき、ふところから匕首を出して、ひとつの弓の弦を切った。続いてもうひとつの弓の弦を切ろうとしたとき、

「待ちな」

男はぎょっとして振り返った。黒い手ぬぐいで覆面をした左母二郎がそこに立っていた。男は匕首を構えて左母二郎に斬りかかろうとしたが、左母二郎が刀の柄をぐいとまえに出し、男はそれを鳩尾《みぞおち》に食らって悶絶《もんぜつ》した。左母二郎は男を蹴飛ばすと、

「妙なやつがうろついてるから用心しな」

太田原に声をかけた。

「おお、その声は網乾殿か。だれかが近づいているのはわかったのだが、弓に気が行き、どうにもならなかった。かたじけない」

左母二郎は応えずにその場を去った。舞台上では其角が地団駄を踏んでいた。

「鬼ヒトデ一家のやつらはまるで使えんな。つぎはどの手で行くか……」

そうつぶやくと心細げに東鶴を見た。東鶴は相変わらず、身体を捻《ね》じ曲げ、床に置かれた箱に耳をくっつけて句を詠んでいる。なんとか句数は維持しているようであるが、いつ止まるかわからぬ心細さがあった。

そして朝になり、多くの見物が戻ってきた。早良義明も家来こそ連れてはいないが、大坂定番の役目をほっぽり出して、着座している。太田原は四千本を超えた。あと約半分である。しかし、さすがに矢の勢いは落ちてきており、しくじりも増えてきているようだ。東鶴は、茶をがぶがぶ飲んで眠気を覚ましながら句を口から絞り出しているが、其角から、

「あまり茶を飲むと小便が近うなるから控えなさい」

と叱られている。もはや風流な遊びの風情《ふぜい》はどこにもない。

滝沢鬼右衛門は眠気を散らすために仁王立ちになって積み上げられた千両箱をにらんでいるが、まだかもめ小僧が来ている気配はない。

「来るなら来い！」

そう言ったあと、鬼右衛門は欠伸をして、あわてて口もとを手で隠した。

やがて、昼になり、見物たちは持参の握り飯や餅などを口にしはじめた。早良義明は優雅に重箱の弁当を食べている。だが、太田原と東鶴はそんなものには目もくれず、ひたすら射、ひたすら詠んでいる。太田原の通った矢は五千五百本を超え、目標にはあと二千六百本ほどである。達成率は六割八分ほど。東鶴は一万二千句で、こちらは五割ちょっとの達成率だ。だれが見ても東鶴の方が分が悪い。

「火事や！」

だれかが叫んだ。見ると、太田原の後ろの台に置かれた替え矢を入れた箱が燃えているのだ。矢が焼けてしまったら通し矢は成立しない。しかし、太田原は燃えている矢をむんずと摑んだ。両手に弓掛けをはめているので一瞬なら火傷はしない。そして、そのままその矢を射た。火矢となった矢は見事に軒を通過し、旗振りが旗を挙げた。三本ほどそうした火矢を放っているあいだに、通った矢を拾い集めたものが馬で届けられた。

それらはべつの箱に入れられて、なにごともなかったかのように試合は続けられた。燃えた矢は待機していた火消したちによってすぐに消し止められた。見物はやんやの喝采を送った。

「ええぞ！」

「日本一！」

すでに勝利したかのようだ。太田原は彼らに手を振る余裕を見せた。弓掛けが少し焦げている。見ていた其角は舌打ちをし、鬼ヒトデの子方《こかた》のひとりを呼び出すと、

「あれをやってください」

「あれだすか……あれはちょっと……」

「やりなさい」

其角に見つめられ、子方は思わずうなずき、どこかへ姿を消した。

時刻は過ぎて、あと一刻ほどで終了である。太田原はすでに七千本を通しており、あと千百三十四本で悲願達成である。達成率は八割五分ほど。しかし、東鶴も思わぬ踏ん張りを見せ、この二刻ほどのあいだに五千句ほど増やし、一万七千句ほど。七割二分ほどの達成率である。ただし、詠んでいる句は、

「眠たさに二万句終えた夢を見る」

「寝たか起きたかそれもわからぬ」

「馬鹿にすなわしは天下の俳諧師」

「それにつけても金の欲しさよ」

などというい加減なものばかりだ。

見物衆にも勝敗の行方の見当はつきはじめたようで、

「わてははじめから通し矢が勝つと思うとったのや」

「わてもや」

「わても」

ほとんどのものが太田原に声援を送りはじめた。それにまぎれて、其角がそっと合図をした。石礫《いしつぶて》が飛んできて、弓を引く太田原の肩に当たった。太田原は弓を取り落とした。続いてもうひとつが投げつけられ、今度は太田原の背中に当たった。太田原はたまらずその場に手を突いてうずくまった。黒手ぬぐいで頬かむりをした左母二郎は軒のうえに目をやった。そこには軒と同じ色と模様の着物を着た男がヤモリのようにへばりついていた。左母二郎はその男目掛けて石を投げた。石は男の首筋に命中した。それに気づいた見物人たちが、

「あそこや！　ほれ、軒のうえ！」

見物人が叫び、皆の視線が軒に集中した。見つかった、と気づいた男は軒のうえをずるずると這って逃げようとしたが、左母二郎にもう一発、石礫を食らい、反対側に転落

した。

「へっ、間抜けめ」

左母二郎は太田原のところに駆けつけた。すでに医者……馬加大記が治療を行っていた。

「どうなんだ？」

左母二郎が馬加にきくと、

「肩が腫れ上がってしもうておる。まえと同じ力で弓を引くのはむずかしかろう」

「しばらく休みなよ。濡れた手ぬぐいで肩を冷やすんだ」

しかし、太田原は、

「大事ない。あと一刻。気力で引き切ってみせる」

そう言って立ち上がった。左母二郎は、

「勝手にしやがれ」

とつぶやいた。

そうこうしているうちに刻限の暮れ六つが迫ってきた。太田原の成功率もめっきり落ちたが、それでも四本に一本は通している。顔色も悪く、ときどき鼻血を拭きながら弓を引く姿は壮絶なものがあった。あと半刻……というところで残り百本となっていた。

東鶴もへろへろになりながら食らいついている。しかし、まだ二万句だ。残り半刻で三

千五百一句は困難である。木箱に耳を押し付け、

「月影にうさぎの宿る今宵かな」

「狸のいない十五夜の舟」

「月影に松の木揺れる木曽路《きそじ》かな」

指合見のひとりが手を挙げ、

「月の座が続くのは式目に外れておりますぞ」

東鶴は悲鳴のような声で、

「月影はもうええのや。ほかのをくれ。ほかのをくれえっ」

「東鶴さん、だれに言うとりますのや」

東鶴はべそをかきながら句を詠み続けた。

幔幕の外に控えていた滝沢鬼右衛門は眠気が最高潮に達していた。途中で交代で仮眠を取ればよかったのだが、意地を張って起き続けていたためだ。同じことを同心や捕り方たちにも強要したため、彼らも生欠伸ばかりしている。

「かもめ小僧はまだ来ぬのか！」

鬼右衛門はときどき大声でそう叫び、眠気を振り払おうとするのだが、そろそろその手が効かなくなってきていた。

「あの……熱いお茶でもお持ちしましょうか。眠気が飛びますよ」

茶屋の女だろうか、目の細い年増女がそう声を掛けてきた。

「おお、すまんな。皆の分も頼む」

女はすぐに人数分の茶を盆に載せて運んできた。鬼右衛門はすぐに飲み干した。

「うむ、ばちっと目が覚めた。これで大丈夫だ。かもめ野郎がいつどこから来ようと……このわしが……叩き……斬って……うう……」

いびきをかいて寝てしまった。茶を飲んだほかのものたちもその場に寝そべり、鼻《はな》提灯《ちょうちん》を出しながら寝息を立てはじめた。

「ふふん、ちょろいもんだね。一刻ほどしたら起こしてやるから、それまでおねんねしてな」

年増女……船虫は馬鹿にしきった視線を鬼右衛門たちに送りながら、その場を離れた。

いよいよ試合も大詰めである。おおかたの見物が、

「勝負あったようやな……」

と思いはじめたころ、其角が苦い顔で立ち上がり、

「どうあってもあいつらに勝たすわけにはいかんのだ……」

そう独《ひと》り言《ご》つと、幔幕の向こうを見て、二度ほどうなずいた。だれかが立ち上がった。

「きゃあああっ」

という悲鳴が上がった。刀を抜いた浪人……山椒淵毛須内が幔幕を斬り捨て、葭簀囲

いを蹴破って飛び込んできたのだ。右目に眼帯をした山椒淵は真っ直ぐに太田原に向かって突進していき、刀を振りかざした。太田原も急なことで避けようがない。手にしている矢は通し矢専用のもので鏃《やじり》がないから武器にはならぬ。

「狼藉者《ろうぜきもの》だ。召し捕れ！」

早良義明がそう怒鳴ったが、町方のものたちはだれもやってこない。それもそのはず、表で居眠りをしているのだ。

「死ねっ！」

山椒淵が刀を拝み打ちにしようとしたとき、横合いからぶつかるようにしてそれを受け止めたのは網乾左母二郎だった。顔は頰かむりをしたままだ。金属同士がぶつかり合って火花が散り、山椒淵は跳びすさった。左母二郎は視線を山椒淵に向けたまま、太田原に言った。

「こいつは俺が引き受けた。あんたは通し矢を続けな」

「かたじけない！」

太田原はふたたび弓を引きはじめた。五十、四十九、四十八、四十七……と見物たちが日本一達成に向けて声を合わせ、数を減じていく。そんななかで山椒淵と左母二郎は剣を交えている。山椒淵が大きく跳躍して左母二郎の頭上から刃を振り下ろしたが、左母二郎は横に跳んでかわしながら、地擦りの剣を撥ね上げるようにして山椒淵の右小手を狙った。山椒淵は小手をかばおうともせず、そのままもう一度刀を左母二郎の頭に叩きつけようとした。どちらも空振りに終わり、ふたりは間合いを取った。

三十、二十九、二十八、二十七……数はどんどん記録達成に近づいていく。一方、矢数俳諧の舞台では其角がいらいらしながら、東鶴を叱咤している。

「もっともっと速く詠め！　あとがないぞ！　速く、速く、速く！」

「ぽんぽんと其角が怒る句会かな」

「なんだ、それは！」

「なんだ、それはとまた叱られる」

「いい加減にしろ！」

「いい加減な生き方をして四十年」

「おまえは馬鹿だ」

「馬鹿が馬鹿に馬鹿というなり」

「急げ！　急ぐんだ！」

「ことわざは急がば回れというのだが疲れて眠くこれがかぎりか」

吐き捨てるようにその句を吐いたあと、東鶴は前のめりに倒れた。そして、よだれを垂らしながら眠りはじめた。其角は東鶴を蹴飛ばしたが、東鶴はまったく目覚めなかった。その様子を見た左母二郎は、

「おい……おめえとこの大将、寝ちまったぜ。どうする?」

山椒淵はしばらく左母二郎を見据えていたが、くるりと回れ右をして幔幕の外に出ていった。

空には夕暮れの赤い雲がたなびいている。住吉大社の境内には、

「あと一本！　あと一本！」

という大合唱がこだましていた。そう……とうとう太田原十内の通し矢は八千百三十四本目になろうとしていたのだ。一本しくじりがあり、そのつぎの矢が首尾よく通った。旗が二本挙がり、

「通り、通り！」

の声とともに太鼓が鳴った。太田原は放心したように弓を下ろした。わあっ、というどよめきの声が見物人から上がった。

「天晴《あっぱ》れ……天晴れである！」

早良義明は太田原に駆け寄ると、血に染まったその身体を抱き、

「ようやった。いろいろ無理を申してすまなかった。わしは二度と、通し矢をせよとは言わぬ。身体をいとうてくれ」

涙を流しながらそう言った。

「殿……ありがたきお言葉……」

「さあ、玉を手にせよ。勝利の証《あかし》ぞ」

　太田原は腰掛けから立ち上がると、ふらふらと水晶玉に近づいた。そして、それを手に取ろうとしたとき、

「悪いね、いただき」

　どこからかそんな声がして、景物の番をしていた男たちのひとりが手を伸ばし、先に水晶玉を摑むと、それを幔幕の外へ放り投げた。水晶玉は、見物衆の頭のうえを越え、大きく弧を描いて飛んだ。幔幕の外でそれを受け止めたのは、船虫だった。船虫はその玉を持ったまま群衆のなかに消えた。水晶玉を放った男もいつの間にか姿をくらましていた。

「なんだ、なんだ、なにがあったのだ」

　早良義明が騒ぎ立てた。

「太田原が勝ったのではないのか？　日本一になったのではないのか？」

　左母二郎が早良の方を向き、

「玉をどこのどいつかが盗みやがったんだよ」

「なにい？　おまえはなにものだ」

「そんなこたぁどうでもいい。こいつを見てくれ。水晶玉のところに落ちてたんだが

……」

そう言うと左母二郎は一枚の紙を手に取り、大声で読み上げた。

「御役人衆御役目御苦労なれど六千両と水晶玉けふもうまうま盗めたかもめ」

見物たちは大騒ぎになった。

「かもめや！」

「さっぱり気ぃつかんかった。いつ来てたのや」

「けど、千両箱は目のまえにあるやないか」

「ほんまや。盗んでないのとちがうか」

左母二郎は西側、其角が用意した方の千両箱に歩み寄り、ぐっと腰をかがめると、鞘を水平にし、

「ちぇえい！」

放たれた居合いの一刀は、三段に積み上がった千両箱を下からうえへと斬り裂いた。その見事な刀さばきに木箱はぱかりと左右に分かれ、なかからは小判ならぬ石くれががらがらとこぼれ出た。

「中身は瓦礫《がれき》かいな」

「かもめ小僧がすり替えたのや。ようやるで！」

左母二郎は、早良義明が支度した千両箱に近づき、今度は上段から斬りつけた。鉄製の金具も含めて、斜めに断ち割られた千両箱三個には同様に石くれが入っていた。左母

二郎はわざと群衆に向かって、

「おおい、どういうことだ？　どっちも空っぽだぜ」

「どひゃあ、こっちもすり替えられとるがな！」

「えらいやっちゃ、かもめ！」

わあわあと喝采する見物人のまえに、ようやく居眠りから覚めた滝沢鬼右衛門をはじめとする町奉行所の面々が現れた。

（しまった……わしらがうっかり眠っておるあいだにかもめが来たか……。しかし、いつの間に六千両もの大金を瓦礫とすり替えたのだ……）

歯噛みしたがあとの祭りである。そのとき覆面で顔を隠した左母二郎が俳諧の舞台にやってきて、東鶴を蹴りつけて目を覚まさせ、

「おい、てめえの矢数俳諧のからくりをみんなに教えてやろうじゃねえか」

「な、な、なんでおます？」

「これだよ」

左母二郎はまたしても居合いで刀を一閃させた。東鶴がずっと耳を押し付けていた木箱が割れて、なかから羽ばたきの音とともになにか黄色いものが出てきた。

「鸚鵡や！」

だれかが言った。

「ちがう。あれは……インコや！」

そう……それは異国の鳥、インコだった。頭が黄色く、羽の一部が青い鳥である。インコはぱたぱたと羽ばたきながら箱の外に出ると、

「さくらちる……」

と声を出した。

「つきかげに……うめのはな……ふじのやま……からすなく……きゅきゅきゅきゅきゅきゅ……ふねのたび……さみだれに……」

左母二郎は、

「わかったろう？　このしゃべる鳥は一羽で二千の言葉を覚えるらしいぜ。鸚鵡なんぞよりもずっと言葉数が多いそうだ。たくさんの言葉を仕込まれたこの鳥が、舞台の縁の下にたくさんいるのさ」

左母二郎は宙に跳び上がると、刀を自分の立っている舞台の床に突き刺し、斬り裂いた。開いた穴からたくさんのインコが飛び出してきてそこら中に溢《あふ》れた。

「こがらしの……こがらしの……さみだれや……きくのかや……」

「うぐいすや……いなずまや……やまどりの……」

「かきのみの……かきのみの……かきのみの……かきのみのみのみの……」

「うのはなに……はるさめや……げたのはに……」

あちこち歩き回ったり、飛んだりしながら、口々に言葉を発しまくる。そのあまりのやかましさに目が覚めた東鶴は、眼前の光景に呆然《ぼうぜん》として、其角に言った。

「ど、どういうことや、宗匠……」

其角は小声で、

「わかるでしょう。なにもかもバレてしまったんです」

「どないしたらええやろ……」

「そうですねえ……」

其角はいきなり見物人たちに向かって、

「皆さん、わかりました。これは全部、東鶴が企んだことだったのです！」

見物人はざわついた。東鶴は其角の袖にすがり、

「なにを言うのや、宗匠！」

其角は東鶴を無視して、

「どこかから聞き取れないぐらい小さな声がするが空耳か、とずっと思うていたのですが、今ようやくわかりました。床下にいる手下がインコを箱のなかに入れて、つぎつぎと言葉を投げかけさせ、この男はそれにきっかけを得て句を吐いていたのです。なんとまあ卑怯な仕掛けではありますまいか！」

「宗匠、そらあんまりや……」

「この男は、元廻船問屋だった経歴を生かして、阿蘭陀国と抜け荷をしていたのです」

抜け荷という言葉に滝沢鬼右衛門が激昂《げきこう》した。

「やはり東鶴は抜け荷をしていたのだな！」

其角はうなずき、

「さっきかもめ小僧が盗みとった水晶玉に浮かんでいた文字は阿蘭陀語だったのがたしかな証拠。あれは、阿蘭陀船員とのあいだで身元をたしかめる札がわりのものでしょう。こやつは半年まえにも抜け荷を試みたのですがうまくいかず、多大の借財を負った。それを一挙に解消しようとして此度の大博打を打ったのです。そうですね、東鶴さん」

「あ、アホな。ほとんどの筋書きは……」

其角は東鶴の顔面を蹴飛ばした。

「もちろんここにいるインコは阿蘭陀から取り寄せたもの。阿蘭陀流が聞いてあきれる。もしかしたら、西鶴さんが十七年まえにここで行った二万三千五百句のときもあんたがだんどりしたんじゃないですか。そもそも二万三千五百句など、まともには詠めるはずがない。俳諧師である私はよく知っています。なにかからくりがあるのでは、と思っていましたが、やっと暴くことができました。知らなかったこととはいえ、こんな悪行に手を貸してしまい、まことに恥ずかしい。穴があったら入りたい……あ、そこに穴が開いておりますすな」

「なにを言うとるのや、あんたこそ十七年まえにうちの師匠にもちかけて……」

其角は東鶴の頬をひっぱたくと、

「恥を知りなさい！」

東鶴は黙り込んだ。其角は早良義明に向かって、

「私が立案した試合でしたが、最後はこのようにぐだぐだになってしまい、まことに申し訳ない。また、殿さまがご用立ててくださった三千両も私が支度した賞金もかもめ小僧に盗まれてしまい、お渡しすることができません。ですが、ここにおられる太田原さまが日本一になったることは動かぬ事実。そのことに免じてなにとぞご不快をお直しくださいませ」

「いや、其角宗匠……わしは不快ではないぞ。わが家臣が日本一になったのだから、うれしすぎるぐらいだ。三千両も、やや惜しいが……仕方ない。宗匠もいろいろご苦労であった」

義明は鷹揚《おうよう》さを見せた。鬼右衛門が軍配を振って、

「それっ、東鶴こと三島屋宗八を抜け荷の罪で召し捕れ！」

大勢の捕り方が会場に雪崩《なだ》れ込んできた。左母二郎は、

「いけねえや、三十六計逃げるに如《し》かずだ」

尻からげをすると町奉行所のものたちとは逆方向に逃げ出した。見物人たちは口々に、

「金返せ！」

「木戸銭戻せ！」

「自分で詠んでこそ値打ちやろ！　インコが詠むような俳諧、いかさまやないか！」

其角が、

「あいや、ご見物衆、その苦情はここなる東鶴に言うていただきたい。私も皆さんと同じく、だまされていたのです。それにこの舞台をしつらえ、大勢のひとを雇い、住吉大社に借り賃を払うには莫大《ばくだい》な金子《きんす》がかかっております。面白い出し物を見た、と思うてここは穏便にお願いいたします」

口が上手く、人心の掌握も見事だった。大坂のひとびとは、

「まあ、それも言えとるなあ」

「一日遊ばしてもろたし」

「おもろかったことは間違いないわ」

「かもめ小僧も来てくれたし」

「ほな帰ろか」

あっさりと丸め込まれ、けっこう上機嫌で帰っていった。かくして矢数俳諧と通し矢の勝負は終わりを告げた。

「ほんまです！　ほんまですねん！　わしだけが悪いのやない。其角が……あの男がなにもかも仕組んだんだす！　信じとくなはれ！」

引かれていくあいだじゅうずっと東鶴は泣き声とともに訴えていた。滝沢鬼右衛門は、

「黙れ！　其角がさっき言うておったることまことに理に適《かの》うておる。それに、宝井其角といえば江戸でも名の通った宗匠。そんな悪事に手を染めるとは思えぬ」

「けど、ほんまなんです。あいつは根っからの悪党だっせ。わしもひとのことは言えんけど……」

「ひとに罪をなすりつける気か。見苦しいやつ！」

鬼右衛門が大喝したとき、東鶴が「げっ」と叫んで目を剝いた。そして、血を吐き、地面にどうと倒れた。鬼右衛門が、

「しまった……」

と東鶴の背を見ると、そこには一本の小柄《こづか》が突き刺さっていた。

◇

住吉街道から少し外れた裏街道にある一軒の田舎家で、その夜、十人ほどの男たちが

酒を飲んでいた。

「それにしてもあんたはひどいな。なにもかも東鶴に罪を着せて、そのうえ口封じするとは……敵に回すと怖いお方や」

そう言ったのは傲慢屋砂五郎だ。その目は本当に怯えているようだ。しかし、其角は、

「ひひひ……あのとき、あれ以外になにができましたか？」

けろりとして湯呑みを口に運んだ。

「それに、早良の殿さまから預かったと見せかけて、前日に中身を抜いておいたこの三千両……まんまと手に入りました。あなたはここから、東鶴に貸していた金を利ともども受け取ってもらいましょう。あとは私がちょうだいします」

鬼ヒトデの海胆右衛門も、

「いつもなら俳諧の師匠がそんなことを言うても、なに言うてけつかる、とわしらが総取りするとこやけど……あんた相手ではそうはいかんわ。それに……」

海胆右衛門は、壁際に座り、黙って盃をなめている山椒淵毛須内をちらと見た。眼帯をした山椒淵が左目で海胆右衛門をねめつけると、海胆右衛門は震え上がった。其角は機嫌よく、

「かもめ小僧とやら、盗もうとした千両箱がどちらも石くれだった、とわかったときは驚いたでしょうな。仕方がないから、あんな紙きれを残して、おのれが盗んだ体にして

帰ってしまった。ひひひ……ひひ……いい気味だ」

「それにしても、あの着流しの浪人はなにものやろ。お上の手先かとも思うたけど、そうでもなさそうやな」

其角が、

「おそらく甘い汁の匂いを嗅ぎつけた小悪党。私たちをまんまと出し抜いて金をせしめようとしたのでしょうが、ひひ……私たちの方が一枚上手《うわて》だった、ということです。悪事は頭でやるもんで、馬鹿ではできません。放っておけばいい」

それまで黙って酒を飲んでいた山椒淵が、

「あいつだけは……許せん。わしが斬る」

其角が薄い眉を吊り上げて、

「これ以上大坂で騒ぎを起こすのはよい思案ではない。江戸に戻ってしばらくおとなしくしていましょう」

「宗匠のお言葉だが、わしはこの目の恨みがある」

すると其角は持っていた湯吞みを山椒淵に投げつけると、

「口答えするな！　おまえは黙って私の言うとおりにしていればよいのだ」

山椒淵は黙り込んだ。そのひりついた空気に一同はしんと静まった。気まずい雰囲気になり無言で酒を飲むなか、其角だけが楽しそうに、

「ああ、愉快愉快。近いうちにまた大坂に来て、この町をぐちゃぐちゃにしてやりますよ。ひひ……ひひひ。そのときは皆さんも手を貸してください。――おい、そろそろ行くぞ。暗いあいだにこの三千両、大八車で船場《せんば》まで運び、夜が明けたら為替にして、江戸へ送ってしまおう」

山椒淵に向かってそう言った。そのとき、

「さっきから聞いてりゃよくも馬鹿にしてくれたもんだなあ」

入り口の戸ががらりと開かれ、網乾左母二郎がのっそりと入ってきた。瓢箪を肩にかけている。皆はそれぞれに得物《えもの》を摑んで立ち上がった。

「さよう。馬鹿と鋏《はさみ》は使いようと言うが、おまえ方のような使えぬ馬鹿はどうしようもない」

背戸《せど》が開いて、笠をかぶり、墨染の衣を着た僧侶が入ってきた。左手に錫杖を、右手に数珠を持っている。

「な、なんや、おまえらは……」

僧侶が先に、

「わしは丶大法師。――江戸から届いた書面によると、紀伊国屋文左衛門はそんな興行に金を出した覚えはない、と申しておるそうだ。どういうことかな」

左母二郎が、

「俺ぁ金にきたねえさもしい浪人、網乾左母二郎。この金をおめえらにかっぱらわれるわけにゃあいかねえんだよ。おや……？　なかにゃあ見知った顔もいるようだな。――おう、おめえらふたりは楽園寺で会ったよな。そっちの野郎は中間に化けてたやつだ。向こうの間抜け面は、軒から落っこちた野郎だっけ？」

其角が左母二郎のまえに立ちはだかり、

「インコの件はどうしてわかりました？」

「ああ、あれけえ。楽園寺に行ったときによ、裏に粟やら稗やら黍《きび》やらの殻が山のように捨ててあったのと、青い色をした鳥の羽みてえなもんが落ちていたのさ。それでピーンと来たんだ。あと、たぶん逃げ出したやつが一羽いたのか、『つきかげに』……という声が聞こえたんだが、それがどうにも人間離れしたものに聞こえたのさ」

「やはり東鶴のせいか……。とっとと寺を引き払え、証拠を残すな、と言うておいたのですが……馬鹿は馬鹿ですな。それが今度のしくじりの原因です」

「おめえ、ひとに責めを押し付けるのが得意みてえだな」

「だれも責めを引き受けたくはないでしょう。ひひひ……ひひひひ……」

「俺ぁおめえみてえなやつがいっとう嫌えなんだよ」

「好きになってほしいとは思いませんが、あんたと私が組めばなかなか面白いことができそうですよ。どうですか？」

「面白いこと？」

「たとえば……大坂を火の海にする、とか」

「あいにくだけどよ、俺ぁ余所者《よそもの》だが大坂がかなり好きになっててね、お断りすらあ」

「それでは仕方ありません」

其角は一歩後ろに下がると、

「やってしまいなさい！」

ヤクザものたちは一斉に匕首を持って飛び掛かってきた。左母二郎は瓢箪を肩に掛けたまま、右から来るやつを左に、左から来るやつを右に受け流していたが、面倒とばかり刀を抜いた。

「死ねや！」

突っ込んできたやつを蹴り上げ、顎が上がったところを喉に刀を叩きつけた。峰打ちだが、相手は息ができなくなり、泡を吹いて昏倒《こんとう》した。ふたりが同時に匕首を持って襲い掛かってきたので、地擦りの構えから刀を斬り上げ、斬り下ろし、そのふたつの動作だけでふたりの匕首を手から吹っ飛ばした。そして、目にも止まらぬ速さで鳩尾に蹴りを入れた。ふたりは白目を剝いて倒れた。その背後から三人の男が飛びついた。気配を感じた左母二郎は振り向きざまひとりの男の右脚を斬り裂いた。

「ぎゃっ」

と叫んで倒れたところへ残りのふたりが、

「野郎！」

と突進してきた。そこに、ゝ大法師が錫杖を振り回して参戦し、ふたりの首筋に杖を叩き込んであっという間に伸ばしてしまった。

「おう、坊主、あとのやつらはどこ行きやがった」

「外に逃げたようだな」

左母二郎とゝ大法師は背戸から表に出た。かたわらに小川が流れ、月が水面《みなも》に映えている。ふたりは歩みを遅くして、あたりに気を配りながら少しずつ前進した。やがて、草むらから、

「ええいっ！」

長脇差を振りかぶってよたよたと斬りかかってきたのは鬼ヒトデの海胆右衛門だ。ゝ大法師が拳を振り上げて、その横面を殴りつけると、

「うう……む」

と悶絶した。その隙を狙ったのか、草むらから飛び出して逃げようとする影があったので、左母二郎が猿臂《えんぴ》を伸ばして首根っこを摑まえると、傲慢屋砂五郎だった。

「おい、其角はどこでえ」

「し、知らん。いの一番に逃げくさった」

「ほほう……そうけえ」

「どないするつもりや。金ならやるで。おまはん、金が欲しいのやろ。なんぼでもやるさかい、命ばかりは……」

「ああ、俺は金が欲しいよ。金さえありゃあ好きなことができる。けどよ……てめえから金をもらったらこの手が腐らあ」

そう言うと、砂五郎の頬をビンタした。三発食らわしたあたりで、砂五郎は気絶した。

「さあて、と……」

左母二郎はあたりを見回した。暗闇のなかに月明かりを背負って山椒淵毛須内が立っていた。すでに刀を抜き、だらりと下げている。

「今度こそ決着をつけようぞ」

山椒淵は暗い声でそう言った。

「どうしてもやる、てえんだな」

「其角殿はこれ以上騒ぎを起こすな、と申されたが、貴様はこの目の仇《かたき》だ。すぐに片づけるから、と許しを得たのだ」

「其角はどこだ」

「…………」

「あんなやつの言うことを聞くこたぁねえじゃねえか」

「そうは……いかぬのだ」

「ふふん、じゃあ仕方ねえ。——やるか」

「おう！」

ふたりの剣士は対峙した。

「馬庭念流は守りに徹した流儀だと聞いているが、おめえのはちいとばかり違うな」

「わしが工夫した『油剣』だ。受けてみよ」

山椒淵は刀を地擦りに構えると、それがまるで重い油のなかにあるようにじりじりと、少しずつ回していった。

（おもしれえ。あれがどう変化するのか……）

左母二郎はその動きに魅せられたように山椒淵の刀の切っ先を注視した。剣技というものは軽さ、敏捷《びんしょう》さをもってよしとするのが普通だが、山椒淵の剣は重い。巌《いわ》を持ち上げているような重量感がある。やがて、

「きええっ！」

その重量をすべて刀が吸収したような重い一撃が左母二郎の肩先を襲った。

「ひっ」

左母二郎はかろうじて右に払いながら退《ひ》いてかわしたが、腰砕けになった。

（やべえ……やられる……）

山椒淵はたったたっと小走りに迫ってきて、豪剣を振り上げた。それを振り下ろそうとしたとき、左母二郎は足を挙げて雪駄を山椒淵の左目に叩きつけた。相手が一瞬ひるんだ隙に体勢を立て直し、相手の胴を狙ったが、これは届かなかった。左母二郎の全身からどっと冷や汗が噴き出した。山椒淵がふたたび「油剣」の構えを取ったとき、

「おおい、なにをしているのです。私をひとりで江戸まで行かせる気ですか。そんなクズ浪人は放っておきなさい」

はるか向こうからそんな声がした。山椒淵はしばらくためらっていたが、

「やむをえぬ。今日のところはこの勝負預けておこう。かならずふたたびまみえ、この手で貴様の首を取ってやるからな」

そう言うと刀を鞘に収め、声がした方に向かって駆け出した。左母二郎は張り詰めていた気持ちが一気にほぐれて、その場にへたり込んでしまった。、大法師がやってきて、

「剣客と剣客の勝負と思い、邪魔をしなかったが、無事にすんでよかった」

左母二郎は汗をぬぐって、

「いやあ……俺がこれまで戦った相手のなかでもあいつはピカイチだぜ。危ねえ、危ねえ……」

「家のなかで休もう。三千両もある。これは、早良殿にお返しするのが筋だと思うが……」

「おい！　それじゃあ話が違うじゃねえか。今度の興行にまつわる金は俺たちがもらってもいい……たしかそう言ったよな」

「ああ、そう言った。だが、かもめは結局、盗まなかったのだから……」

「ちいっ！　理屈はそうだが、結局、あの金は俺たちのものなんだ。そのために命張ったんじゃねえか。タダ働きはご免だぜ」

「わかったわかった。わしも最初《はな》からそういう約定《やくじょう》で頼んだのだから四の五のは言わぬ。早良殿もあきらめてくれるだろう」

「へへ……そう来なくちゃ」

ふたりは百姓家の背戸からなかに入った。しかし、そこにはさっきまで積み上げられていた三千両が見当たらなかった。

「おかしいな……かも公のやつが持っていったのか……」

左母二郎は床に落ちている一枚の紙を見つけた。そこには、

金はあたしがいただいとくよ。いろいろご苦労さん。船虫

と書かれていた。

「あ、あの女《あま》……」

左母二郎はその紙をくしゃくしゃに丸め、呆然と立ち尽くした。

◇

「この大たわけめが！」

西町奉行北条氏英は、目のまえに平蜘蛛のようになって平伏している与力滝川鬼右衛門を怒鳴りつけた。

「まことに申し訳……」

「謝ってすむことか！　かもめ小僧に六千両と水晶玉を奪われ、そのうえ抜け荷の首謀者たる三島屋宗八を殺されてしまうとは……なにをやっておったのだ！　西町奉行所には昨夜から非難の声が届いておる。なにもかも貴様のせいではないか！」

「まことに申し訳……」

「謝ってすむことか！　かならずかもめ小僧を召し捕る、と貴様が言うたゆえ、任せたのだ。それが……かかる失態……どうするつもりだ！」

「つぎは……つぎの機会にはかならずや……抜け荷についても唯一の生き証人がまさか殺されるとは思うてもおりませず……まことに申し訳……」

「謝ってすむことか！　下手人はわかっておるのか」

「それがその……おそらく抜け荷仲間の仲間割れとは思うのですが、今のところはまだ……まことに申し訳……」

「謝ってすむことか！　またしても明日の瓦版に西町の失態として書かれるではないか。どう責めを負うつもりだ」

「まことに申し訳……」

滝川鬼右衛門の謝罪の弁は明け方まで延々と続いた。

（注）

『五元集』に所載の其角の句に、「長崎屋源左衛門家に紅毛来貢の品々奇なり」と前書きのある「桐《きり》の花 新渡《しんと》の鸚鵡 不言《ものいわず》」というものがある。

◈第二話　真白山の神隠し

一

「ちょいと、かもさん」

　隠れ家の二階で熟寝《うまい》していた鴎尻《かもめじり》の並四郎《なみしろう》は、女の声に起こされた。目を開けると、そこに座っていたのは船虫《ふなむし》だった。

「かもちゃん……かも兄さん……とうにお昼は過ぎてるよ。いくらなんでもそろそろ起きないとねえ」

「昼にいっぺん起きたのや。そのあと昼寝しとるとこやさかいほっといて。——おやすみなさい」

　そう言うとふたたび目を閉じ、すぐに寝息を立てはじめた。船虫は呆《あき》れたようにその寝顔を見ていたが、大きく息を吸うと、

「こらあ、かも公、起きな！」

　並四郎は手で両耳を塞ぎ、

「せっかくええ夢見てたのに、なんの用……あーっ！」

がばと起き上がり、

「こらあ、船虫！　おまえ、ようわてのまえにのうのうと顔出せたな！」

「なんの話だい？」

「とぼけるな！　三千両や！　わてらの上前はねよって……返せ！」

「ああ、あれかい」

船虫は横を向き、

「あれはねえ……もうないよ」

「なんやと？　嘘《うそ》つくな。あれからまだ七日しか経《た》ってへんやないか。どないして使《つこ》うたんや」

「使ったんじゃないのさ。使えなかったのさ」

「どういうことや」

「久々に大金が入ったから反物でも袋物でもかんざしでも櫛《くし》でも高いのを買いまくってやろうと思って、あたしゃ、まずは両替屋に行ったのさ」

上方《かみがた》は銀《しろがね》遣いなので、小判はそのままではほぼ流通しない。大商人《おおあきんど》や大坂城代などの金蔵には千両箱が積まれていたが、それはあくまで保管用であって、外で使うには両替商で丁銀《ちょうぎん》や豆板銀《まめいた》と取り換えねばならない。

「あたしがまず、一両小判をそこの番頭に渡したら、そいつが妙な顔をしやがってさ……」

番頭は船虫の風体をじろじろ見たあと、

「お客さん、この小判、どこで手に入れなはった？」

「なんだい？　小判の出どころを言わないと、この店じゃあ両替してくれないのかい？　それともなにかね、その小判がなにか疑わしいとでも？　だいたい両替屋なんてものはさ……」

船虫がまくしたてると、

「お客さん、これ贋金《にせがね》だっせ」

「え……？」

船虫は蒼《あお》くなった。

「うちでは扱えまへん。よそもおんなじだっしゃろな。贋金としてはわてら両替屋ならひと目でわかる粗悪な作りやが、とりあえずお上《かみ》に報《しら》せなあかんさかい、お客さんのお名前とお住まいを教えとくなはるか」

「あ、あの……あたしゃその……」

そのとき、丁稚《でっち》が奥から、

「ご番頭さん、旦さんがお呼びだす」

番頭は丁稚を振り返ると、

「今、手が離せんさかい……」

と言いかけた隙に、

「店を飛び出して走りに走った、てわけさ。その夜のうちに、千両箱三つはこっそり大《おお》川《かわ》に捨てちまったけど、大金持ちのお大尽《だいじん》の気分からいきなり一文無しに逆落《さかお》としだよ。ええ、腹が立つ！」

「身から出た錆《さび》やないか。ええ気味や。――けど、どういうことやろな。あれは早良《さわら》の殿さんが持ってきたもんやろ？　それが贋金ゆうのは……」

「たぶん、早良家の台所事情がよほど厳しかったんだろうね。試合はしたいけど賞金を支度できないから、というんで窮余の一策、贋金を渡した、というところじゃないかい？　太田原《おおたわら》さんに必ず勝て、勝てなかったら死ね、とまで言ってたわけもわかるよ。負けたら贋金だってバレちまうんだからね」

「ひどい話やがな。大名なんてゆうたかて、情けないもんやなあ。――で、おまえはなにしに来たんや」

「からっけつになっちまってさ、この二日ばかりおまんまを食べてないんだよ。――ねえ、なにか食べさせておくれよ。ひもじくて死にそうなのさ」

「おまえなあ……しみったれたこと言うな。飯ぐらいなんぼでも食わしたる」

「やったあ！」

「と言いたいとこやけどな……じつはうちも米はひと粒もないのや。あの三千両を当てにしとったさかいな。味噌《みそ》も醤油《しょうゆ》も切れとる。よそをあたってんか」

「よそをあたれるぐらいならここにゃあ来やしないよ。あたしゃ腹が減ってるんだ。すぐに支度をおし」

「腹が減ってる、て……もうちょっと女らしい言葉遣いはでけんか？　おなかがすいた、とか……」

「なんだって？　あたしゃ女らしいとか男らしいとか、押しつけがましいこと言うやつが大っ嫌いなんだ。腹が減ってるんだから腹が減ってるって言ったのさ。どこが悪いんだね。ぐずぐず言ってないで、とっとと米屋に行っといで！」

「機嫌が悪いなあ……。そう言うけど、ここは一応盗人《ぬすっと》の隠れ家やで。わては、あんまりおおっぴらに買いもんでけへんがな。いつもは左母《さも》やんに行ってもろとるんやけど……」

「左母二郎《さもじろう》はどこ？」

「さあ……わて、寝てたから知らんわ。どこぞぶらぶらしとるんやろ。酒でも買いにいったんとちがうか」

「じゃあ、やっぱりあんたが行くしかないね。――行っといで」

「おまえが行かんかい」

「あのねえ、あたしゃ贋金遣いの疑いがかかってるんだよ。贋金遣いは市中引き回しのうえ磔《はりつけ》だよ。ほとぼりが冷めるまではひょこひょこ米屋なんぞに行けやしない。ここに来るのでもひやひやもんだったんだからね！　あんたは七方出《しちほうで》で顔も変えられるじゃないか。とっとと行ってきな！」

「やいやい言うな。ああ、わかった、行てくるわ。――せやけど、米屋も味噌屋もわての顔知らんやろ。掛けで売ってくれるやろか」

「左母二郎の代わりに来たって言えばいいじゃないか」

並四郎は化粧道具を取り出し、牡丹刷毛《ぼたんばけ》で顔に白粉《おしろい》を塗りはじめた。含み綿をして頬を膨らませ、眉墨を引き、目尻や口もとに皺《しわ》を描き入れ、遊び人風の髷《まげ》を真《ま》っ直《す》ぐに整えれば、あっという間に初老の商人のような顔ができあがった。

「どや？　これでええか？」

手鏡を見ながら並四郎がそう言うと、船虫は感心したように、

「いつもながらすごいねえ。まるっきり別人だよ」

「へへへ……」

小洒落《こじゃれ》た若旦那っぽい着物を渋い唐桟《とうざん》に着替えると、並四郎は家を出た。米屋も味噌屋も醤油屋もすぐ近くにある。まずは米屋に入り、

「やれ、ごめんなされや」

声も、低いしゃがれ声である。

「へえ、お越し」

丁稚が応対した。並四郎は大福帳を見せて、

「いつもは網乾《あぼし》左母二郎という浪人さんが買いにきとると思うが、今日は風邪《かぜ》で臥《ふ》せっとるさかい、わしが代人で来ましたのや。お米を一升……いや、二升もらえますかいな」

丁稚は顔を曇らせて、

「ちょっと待っとくなはれ」

そして、番頭らしき男に、

「ご番頭はん、網乾左母二郎さんの代人や、というお方が来てはります。米二升買いたいそうで……」

「なんやと?」

頭の禿《は》げた番頭は険しい顔で並四郎のまえに来ると、

「あんた、あの浪人の代人かいな」

「へえ、そうやけど……」

「悪いけど、あんたに渡す米はおまへん」

「なんでや。左母二郎はここでいつも米買わせてもろとる、と聞いとりますが……」

「ああ、しょっちゅう買いには来てもろとる。けど、金を払《はろ》てもろたことはほとんどない。どれだけつけが溜《た》まってると思いなはる。それ全部払てもろてからでないと、たとえ一合が半合でもお渡しすることはでけまへん」

「ははは……そうでおましたか。けど、今度ばかりはわしが請け合います。かならずつぎの節季には溜まった掛けをきっちり払わせてもらいますさかい、今日のところはなんとか……」

「ならん。あいつは、現金やないと米は売れんと言うと、すぐに刀を抜いて、米を寄越《よこ》すか命を寄越すか……とか言うさかい、こっちも命は惜しいから米を渡さなしゃあない。けど……今日はもう堪忍しとくなはれ」

どこの店に対しても左母二郎の金払いがあまりよくないのは知っていたが、ここまでとは思わなかった並四郎は番頭に三拝九拝して、ようよう一升の米を手に入れた。

「今度だけだっせ。つぎの節季に払てもらえなんだら、お恐れながらとお上に訴えますさかい……」

それは困る。そのあと、味噌屋と醤油屋を回って、ほとんど同じ会話を繰り返した並四郎は、少量の味噌と醤油を手に入れ、帰途を急いだ。

（ほんまに左母やんはめちゃくちゃやなあ。いつもいつも強面《こわもて》で脅してたら、そのうち

米売ってくれる店がのうなってしまうがな）

隠れ家近くの長屋に入り、どぶ板を踏み抜かぬよう気を付けながら、蛇のように曲がりくねった道を進んでいると、

（なんじゃ、あいつは……！）

ひとりの男が向こうからやってくる。その異様な風体にはさすがの鴎尻並四郎も瞠目《どうもく》した。赤い六尺ふんどしを締めているだけの素っ裸で、腰には、刀代わりか、木の枝を差している。石川五右衛門《いしかわごえもん》の大百日鬘《おおびゃくにちかつら》のように月代《さかやき》を伸ばすだけ伸ばし、目はぎょろりとしたどんぐり眼《まなこ》だ。口をへの字に結び、眉間に皺を寄せ、素足にちぎれた草鞋《わらじ》を履き、腕を打ち振って、あたりを睥睨《へいげい》しながらのっしのっしと歩いている。やたら背が高いだけでなく、腕も脚も太く、たくましい。胸板も厚いが、裸なので身体中《からだじゅう》が傷だらけなのがよくわかる。

（けったいなやつが来よったぞ。侍やろか……）

並四郎はついその男を凝視してしまったが、男はそれに気づいたらしく、こちらをぐい、と見返してきた。

（あかんあかん……こんな奇人変人と関わり合いになったら、あとが面倒や……）

並四郎は横を向き、知らぬ顔の半兵衛を決め込んだ。しかし、男は急に向きを変え、並四郎にまっすぐ向かってきた。まわりにはほかにだれもいない。

（まさか、わてに用があるんやないやろな……）

並四郎の視界のなかで次第に男の姿が大きくなっていく。

（ヤバい……もう逃げられへん……）

男は歩く速度をまるで変えずに並四郎のすぐ側《そば》まで来ると、突然、

「だっはっはっはっはーっ！」

と大声で笑った。あまりの声の大きさに並四郎は耳がつーんとして、一瞬聞こえなくなったほどだ。数歩離れると、男はにやりと笑い、

「そこなる町人……素町人《すちょうにん》」

素町人、てなんやねん……と思いつつ、並四郎は愛想笑いを浮かべ、

「へえへえ、わてのことだすか」

「そうだ、おまえだ。この長屋に住まいなすものか」

「いえ、そやおまへん。近所に住んどりますけど、長屋のもんやおまへんのや。ほな、さいなら……」

並四郎がへこへこしながら行き過ぎようとすると、

「待て。まだ話は終わっておらぬ。近所のものなら知っておるだろう。この長屋に、大《ちゅだい》法師《ほうし》殿の大坂での住まいがあると聞いた。どこの家か存じおるか？」

「ちゅ、、大法師さんだすか。あー、それやったら……」

並四郎は少し離れたところにある三軒長屋の真ん中の一軒を指差し、

「たしかあそこだすわ。今いてはるかどうかは知りまへん。ほな、さいな……」

男は並四郎の襟首をむんずと摑《つか》み、

「待て、と申すに。おまえの話がまことかどうか確かめるゆえ、一緒に参れ」

「とほほほほほ……わてもけっこう急いどりますのやけどな」

「しばらく付き合え。——来い」

「とほほほほ……なんでわてがこんな目に……」

「つべこべ申すな」

ふたりは「犬小屋」と呼ばれているその家のまえに立った。男は並四郎の襟首をしっかと摑んだまま、

「ヽ大法師殿！　法師殿！　ご在宅か！　お返事なされませ！」

なかからは返事がない。

「犬山道節《いぬやまどうせつ》でござる。開門……開門！」

長屋中に響き渡るような大声である。長屋のかみさん連中も、なにごとならんとおそるおそる様子を見に出てきたようだ。並四郎が、

「お留守みたいだすなあ。ほな……わてはこれで……」

たたた……と走り去ろうとしたが、ぐいっと引き戻された。

「拙者、大坂に知り合いはおらぬゆえ、今行かれては困るのだ」

「とほほ……」

そのとき、

「道節ではないか！　そこでなにをしておる」

ふたりが声のした方を見ると、ヽ大法師がこちらに向かって歩いてくるところだ。しかも、その横にいるのは、

「左母やん！」

一升徳利をぶら下げた網乾左母二郎ではないか。

「酒、買ってきたぜ。銭が乏しいから焼酎だが、今から飲もうや」

「そやないねん。このおっさん……いや、このお武家に捕まって、えらい目に遭《お》うとんのや。なんとか言うたって」

ヽ大法師が笑って、

「このものは八犬士のひとりで犬山道節と申す男だ。こんな……ははは……奇怪な風体をしておるが怪しいものではない。――道節、その恰好《かっこう》はどうしたのだ」

「法師殿、お聞きくだされ。拙者、取り返しのつかぬことをしでかしてしまいました。法師殿にことの次第をお話しいたしたうえで、向後《こうご》のことご相談いたしたく……」

ヽ大法師は噂《うわさ》好《ず》きそうなかみさん連中の方をちら、と見て、

「待て待て。往来での立ち話もなんだ。なかに入らぬか」

並四郎は声をひそめて、

「それやったら、うちの……その……家に来たらええんとちゃうか。今、船虫も来とるし、わてもこの米やら味噌やら持ってかえらんならんさかい……なあ、左母やん」

「そうだな……。坊さんは見知った仲だし、そっちの裸虫《はだかむし》も八犬士だてえなら……ま、いいだろう。——行こうぜ」

左母二郎は先に立って歩き出した。犬山道節は、なぜこの男たちが八犬士について知っているのか、怪訝《けげん》そうな顔をしたが、なにもきかずにあとに従った。

◇

「ああ、かも公、帰ってきたのかい。——な、なんだいなんだい、ぞろぞろと大勢で……。また、妙なやつが一匹交じってるね。そんな目立つ恰好じゃ困るんだよ。早く中に入りなね」

寝そべって煙草《たばこ》を吸っていた船虫が、犬山道節の姿に仰天してそう言った。道節は軽く会釈して、

「八犬士の一人《いちにん》にて犬山道節忠与《ただとも》と申すもの。以後、見知りおかれよ」

「はあ……。坊さんの知り合いは変てこなのばかりだね」

丶大法師が笑いながら、

「船虫、贋金を掴まされたそうだな。道すがら、並四郎に聞いたぞ」

「ふん！　どうせあたしゃ阿呆《あほ》ですよ。――そんなことより早くおまんまを炊いとくれ。あたしゃおなかと背中の皮がくっつきそうなんだよ」

仕方がないので、並四郎は手早く変装を落とすと米を研ぎはじめ、左母二郎はカンテキに鍋を載せ、味噌汁を作り出した。丶大法師が、

「して道節、そのありさまはなにごとなるか。いつもの豪壮な身なりはどうした」

法師は船虫に、

「こやつ、普段は白地に金襴《きんらん》の縫い取りがあるどてらに、出雲大社《いずもおおやしろ》の注連縄《しめなわ》のような帯を締め、大段平《おおだんびら》を差しておるのだ」

「へええ、まるで傾奇者《かぶきもの》だねえ。それが素っ裸とはどういうこったい」

「はは……そのことでござる。拙者……拙者、かかる屈辱を受けたることこれまでの生涯に一度《ひとたび》もなし。されど、今からその恥を申さねば……あいならぬ……ううう……」

道節ははらはらと落涙し、その場に手を突いた。雲突くような大男がいきなり泣き出したので一同は唖然《あぜん》とした。丶大が、

「よほどのことらしいのう。さ、話してみよ」

「それでは拙者の申すことひととおり、お聞きなされよ。拙者、お側用人《そばようにん》柳沢保明《やなぎさわやすあき》殿

の命を受け、大坂に住み暮らす八犬士仲間と、大法師殿の当座の費《つい》えとして大判で五百金ばかり、それと犬塚信乃《いぬづかしの》の愛刀村雨丸《むらさめまる》を預かりて、それらを法師殿と信乃に届けるため江戸より急ぎ参じたのだ……」

そう前置きして道節は話をはじめた。

◇

道節は久居《ひさい》で奈良街道に入り、生駒山《いこまやま》から大坂に向かおうとしていた。暗《くらがり》峠を越え、生駒山に隣り合う真白山《ましろやま》を抜けるつもりだった。山道は険しいが、それが一番の近道なのである。すでに日は落ち、頭上に鬱蒼《うっそう》と茂る木々の枝が月を遮り、足もとが見えぬ。小さな小田原《おだわら》提灯《ぢょうちん》を出し、蠟燭《ろうそく》に火を点《つ》けた。蠟燭は高価だし、すぐに減るのであまり使いたくないのだが仕方がない。

夕方、峠の茶屋で休息を取っていたとき、今から真白山に入るのだ、と言うと、茶屋の親爺《おやじ》が顔をしかめ、

「やめときなされ。近頃、真白山は山賊が出るとか追剝《おいはぎ》が出るとか聞くで、夜道は物騒じゃ。悪いことは言わん。昼間になさるか遠回りする方がええ」

「だっはっはっ！　親爺、拙者をよう見い。なにに見える？」

「さて……大きな顔じゃな」

「顔ではない。風体を見ろと言うておる」

「えげつないぐらい太い帯に重たそうな幅広刀……派手な恰好じゃな。旅のときは少しでも歩きやすい恰好をするもんじゃが、あんた、歩きにくいじゃろ」

「これが拙者の普段着だ」

「それに大荷物を背負っとるのう。なにが入っておるのか、重そうな葛籠《つづら》じゃ」

「大事なものを入れておるのよ。――どうだ、拙者がなに者かわかったか」

「諸国武者修行の武芸者、というところかのう」

「だははは……大当たりだ。天下一の豪傑、犬山道節とは拙者がこと。山賊でも追剝でも狼《おおかみ》でもばらばらに引きちぎって、丸めて、山のうえから転がしてやるわい。それゆえ心配いたすな」

「まあ、あんたならそれぐらいのことはやりそうじゃな。あんた……金は持っとるか？」

「なにゆえそれをきく」

「ふところの寒いもんはどうということはないが、金を持っておると、山賊は出ぬか追剝は出ぬかゴマの蠅《はえ》は出ぬか、とどうしてもびくびくしながら歩くことになる。山賊どもはそういうのをすぐに悟りよるそうじゃ」

「うははは……それでは申しておこう。拙者の葛籠のなかには、今、路銀のほかに大判で五百両入っておるのよ」

「うへっ、そらまた豪儀じゃな」

「拙者ぐらいになるとな、たとえ千両万両持っていようと、一文なしであろうと、態度は変わらぬのだ」

「なるほど。それならええけど……ついでに言うておこう。真白山にはもうひとつ恐《おと》ろしいもんが出るそうな」

「ほう……なんだ？　うわばみか、虎か、熊か、それとも天狗《てんぐ》か？」

「猿じゃ」

「さ、猿？　そんなもの、なにが怖いのだ。飛びかかってきても、素手でふん捕まえて、地面に叩《たた》きつけてやればよいだけだ」

「わしもよう知らんが、真白山の猿は人間並に頭がええらしい。あなどるととんでもないことになるぞ」

「うふふふ……」

「なにがおかしいのじゃ」

「ぶふふふ……うふ、うふ、だーっはっはっはっはっ！」

「なんちゅう笑い方じゃ」

「いくら頭がようても、猿は猿知恵と申してな、人間のおつむには敵《かな》わぬ。それに、今の話を聞かぬうちならともかく、聞いてしもうたうえは、どうあっても真白山に参るぞ。この犬山道節が山賊や猿に恐れをなして道を変えたなどと噂になっては、大手を振って街道を歩けぬからな」

「せっかく親切心《ごころ》から教えてやったに、えらい目に遭うても知らんぞ」

「ああ、拙者はな、えらい目に遭いたい、遭わせてくれ、と日頃より八幡大菩薩《はちまんだいぼさつ》に願をかけているぐらいだ。茶代はここに置くぞ。では、真白山にいざ出陣だ」

「勝手にせえ」

そういう会話があったのだが、道節はまるで意に介せず、山道を進んだ。猿の鳴き声が聞こえるか、と耳を傾けたが、とくにそのようなこともなく、聞こえてくるのは山鳥の声ばかりであった。日が暮れてからはますます森閑として、草鞋が落ち葉を踏むがさという音や蛙《かえる》かなにかの低い唸《うな》りがやたら大きく響く。おのれが差し出している提灯の灯《あか》りが梢《こずえ》や岩を照らし、その影が不気味に伸び縮みしているが、道節は真っ直ぐまえを見据えたまま、ひたすら歩を進める。

やがて、真白山の中腹に差し掛かったころ、

（む……？）

どこからか、ざっ……ざっ……ざっ……ざっ……と木の葉を踏み分ける足音が聞こえてくる。それもふたつ。

（今時分、なにものであろう。杣《そま》か猟師か、それとも茶店の親爺が申していた山賊か……）

道節が足を止めることなく歩み続けていると、

「もし……もし、そこのお方」

声がかかった。意外にも女性《にょしょう》の声だ。道節が思わず立ち止まり、そちらを向いて提灯をかざすと、菅笠《すげがさ》をかぶり、杖《つえ》をついた旅装の女がふたり小走りに近づいてくる。母子《おやこ》連れだろうか、ひとりはまだ十二、三歳ほどのこどもで、薄紫色の着物を着ている。

（まさか、狐狸《こり》妖怪の類ではなかろうな……）

道節も眉に唾をつけたくなったが、

「お武家さまとお見受けいたします。どうぞお助けくださいまし」

年嵩《としかさ》の方が言った。

「助けるとな？」

「はい。わたくしどもは名張《なばり》の在の親子でございますが、明日までにどうしてもこの娘を大坂に連れていかねばならぬ子細あり、足弱をも顧みず無謀にも夜の山越えを試みましたが、途中で蠟燭が尽き、行くも戻るもできず、闇のなかをさまようておりました。今、はからずも提灯の灯りが動くのを目にして追いかけてみますれば、ご立派なお武家さま。慕わしく、ついお声をかけてしまいました。お武家さまもおそらく大坂までお越しの道中と心得ます。私ども母子を憐《あわ》れと思召《おぼしめ》して、なにとぞ道連れになさってくださりますようお願いいたします」

見れば、三十も半ばの臈長《ろうた》けた女性である。町人のようだが、どことなく気品が感じられる物腰だ。道節も情にほだされ、

「あいわかった。この山は夜になると山賊などが出ると聞く。おまえ方だけで越すのは無理だ。拙者が同道いたそう」

「ありがとうございます。わたくしは白間《しろま》ふじと申すもの。お見知りおきくだされまし」

「うむ。――では参るといたそう。なれど、拙者はこの山を越すのははじめてゆえ、道を探すのに少々手間取るかもしれぬが……」

「それなればご安堵《あんど》くださいまし。わたくしどもは、昼ではございましたが、幾度かこの山を通ったことがございます。子連れゆえに歩く速さでご迷惑をおかけする分、道案内でお役に立てましょう」

「おお、それは上々。蠟燭が燃え尽きては困るゆえ、急ぐといたそう」

道節はふたたび歩き出した。山中の道は細く、暗くて見極めにくいため、道節は立ち止まることも多かったが、そのたびにふじと名乗った女が、

「あちらでございましょう」

「ここを抜けるとあそこにつながります」

などと指図をしてくれるので、たいそう道ははかどった。娘の方も泣き言ひとつ言わずについてくる。

(けなげな子だのう。足取りもしっかりしておる。この調子なら、夜が明けるころには麓に下りられるだろうて……)

道節はそう思ったが、その考えは甘かった。あるところまで来たとき、ふじが考え込んでしまったのだ。

「どうしたのだ」

「おかしゅうございます。わたくし……道を取り違えたかもしれませぬ」

「なにゆえそう思う」

「もはや入山してからかなりの時が経っておりますが、それならば石造りの道しるべがあるはずなのでございます。分かれ道のところに置かれており、上の道は暗峠本陣、下の道は枚岡《ひらおか》……と書かれてございます。これまではそれを目印に、下の道に入るようにしておりましたが、いまだに出くわさぬとは……」

「ただ見逃しただけかもしれぬぞ」

「でも、もうまえに道がございません。この向こうは森でございます。引き返すしかありません」

「うーむ……困ったな……」

　三人は今来た道を戻ったが、道しるべらしきものは見当たらない。ならば森を抜けてみよう、と思い切ってなかに入ったものの、折り重なる松杉に行く手を阻まれ、途中で断念した。道なき道を、枝や雑草をかき分けかき分け進む。一刻《とき》（約二時間）ほどあちこちさまよっているうちにとうとう蠟燭の最後の一本が燃え尽きてしまった。あたりは真の暗闇となった。

「お母さま、脚が痛《いと》うございます」

　ずっと無口だった娘がはじめて口を開いた。

「辛抱おし。もうじき麓に着くからね」

「はい……」

　そのとき、ぼ……お……お……という地鳴りのような音が聞こえてきた。岩や木、山肌などに反響して、どちらの方向から聞こえてきたのかもわからない。

「お母さま、あれはなに？」

「さあ……なんでしょうね。風が木のうろや洞窟なんぞに吹き込んで、ああいう音がしているのかもしれません」

　音はすぐに聞こえなくなったが、しばらくすると頭上から、キャッ、キャッ……キャキャキャキャ……という声が降ってきた。ギャーッ、ギャギャギャ。キャーッ、キャキャキャ。カーッ、カーッ、カーッ。野生動物の凄《すさ》まじい咆哮《ほうこう》である。ゆさゆさと大枝が揺れ、木の葉が舞い散っている。梢を見上げた道節は舌打ちした。明らかに猿と思われる影が無数に、枝から枝へと飛び移っている。

（茶店の親爺が言うたとおりだ。拙者だけならよいが、このふたりに襲いかかられると難儀だな……）

猿たちはどうやら数十匹はいるようだ。茶店の親爺の話を聞いたときに、猿ごときとあなどったおのれを恥じた。これだけの数が一斉にかかってきたら、道節でもひとたまりもあるまい。

ギャアアアアッ！　ギャアアアアッ！　キー、キッキキッキキッ！

「お母さま、怖い……」

「大丈夫。このお武家さまが守ってくださいます」

ふじはそう言うと、うるんだような目で道節を見つめ、

「どういたしましょう」

道節は考え込んだが、よい思案は浮かばない。

「とりあえず森から出よう」

しかし、猿たちは道節たちが移動すると、それを取り巻くように同じ方向に移動してくる。そして、その包囲をだんだん狭めてくるのだ。

「くそっ、森から出さぬつもりか」

猿どもは次第に下へ下へと降りてきているようだ。鳴き声が近くなっている。もはやこれまで、と道節が刀の柄《つか》に手を掛けたとき、

「あ、お母さま、あそこに灯りが……！」

娘が彼方《かなた》を指差した。道節が目を凝らすと、たしかにかなり遠くにちらちらと光が見える。

（杣か山猟師の住まいかもしれぬ……）

道節は母子に向かって、

「あそこまで走るぞ、よいな」

ふたりはうなずき、三人は同時に走り出した。猿たちはギャアギャアわめくと、あとを追ってきた。どうしても娘の足が遅れる。見ていてまどろっこしくなった道節は、右腕で娘を抱え上げた。重い葛籠を背負い、重い刀を差しているうえに娘を抱いているのだから、たいへんな重量だが、必死の思いで走った。灯りはだんだん近づいてきた。やはり山小屋のようだ。その窓から光が漏れている。

「急げ、もうすぐだ！」

道節はふじを言葉で励ましながら、一直線に小屋に向かった。戸のまえに立ち、後ろを振り向くと、そこには白い牙を剝《む》いた猿たちが四つん這《ば》いになり、弧の形に並んでいた。どの猿もかなり大きい。道節は娘をふじに託すと、腰のものを抜いた。大段平と呼

ばれる幅広の太刀《たち》を、無理矢理帯にねじ込んで、打刀《うちがたな》のように差しているのだ。鍔《つば》も大鍔といって普通の鍔よりはるかに大きい。

（火遁《かとん》の術が使えたら、こんな猿ども、何匹いようと吹き飛ばしてくれるものを……）

道節はそう思った。火遁の術は犬山家に代々伝わる秘伝の術だが、理由《わけ》あって道節は今、その術を封印していた。だから、火薬などの道具も所持していない。

（いや、あの術はもう使わぬ……そう決めたのだ！）

道節は先頭の大猿に向かって、

「ええいっ！」

気合い一番斬りつけた。しかし、猿は軽々と跳びのくと、道節をからかうように手を打った。

「おのれ……！」

横に薙《な》ぎ払うと、その刀をひょいと跳び越して、道節の顔面に嚙《か》みつこうとした。

「うわっ！」

道節は段平を左右に振り回しながら退いた。猿たちはそれを待っていたかのようにつぎつぎと飛び掛かってきた。しかし、道節の身体に爪がかかりそうな距離まで迫るのだが、刀が怖いのか、それともほかにわけがあるのか、ぎりぎりのところで反転してもとの位置に戻る。

「お願いでございます！　どなたかいらっしゃいましたら、どうぞここをお開けください！」

ふじが、娘をかばいながら、山小屋の戸を叩いている。

「踏み迷うた旅のものでございます。猿めに襲われております。お慈悲でございますからお開けくださいませ！」

いきなり戸が開いて、なかから火のついた松明《たいまつ》を持った男が現れた。

「また猿どもの悪さか。――しっ、しっ、あっちへ行け！」

男は小屋から走り出ると、松明を振りかざして、猿たちを追った。ギャーッ、ギギギッ、キーッ、キーッ、キッキッ！　火が怖いのか、猿たちは口々に叫びながら、小屋を遠巻きにした。男は、ふじ母子と道節に、

「早《はよ》う、なかに入りなされ」

そう言うと、ずんずん猿たちのなかに進み出て、松明を先頭の猿に押し当てた。

「ギャアーーッ！」

その猿は胸の毛が少し焦げたらしく、悲鳴を上げて森のなかに逃げていった。

「ほれほれほれ……どうだ、おまえたちも火傷《やけど》をしたいのか」

男はほかの猿たちにも松明を突き付けると、猿たちは蜘蛛《くも》の子を散らすように逃げ去った。

「はっはっ……猿はひとに毛が三筋足らぬと言うが、まことだのう」

道節がその男をよく見ると、鈴懸《すずかけ》の上下に結袈裟《ゆいげさ》をまとい、左手首には苛高《いらたか》の数珠というでたちで、頭に頭襟《ときん》こそかぶってはいないが、明らかに山伏《やまぶし》である。まつ毛が長く鷲鼻《わしばな》の、五十歳ぐらいの男で、

「かかる夜中に女連れ、こども連れにてこの山を越そうとは無謀にもほどがある。猿ばかりではないぞ。山賊やらかどわかしやらも多いと聞く。まずは朝までこの小屋にてやすらい、ゆるゆると出立なされよ」

犬山道節は頭を下げ、

「短慮ゆえの深夜の道行き、ご迷惑をかけてまことに申し訳ござらぬ。拙者は犬山道節と申す諸国武者修行中のもの、これなる母子は山中にて出会《でお》うた旅のもの。道を踏み迷うたうえ、猿どもに取り巻かれて難渋しておりましたるところでござった。貴殿の助力なくば、どうなっていたかわからぬ。お礼申し上げる」

「ははは……堅苦しい言の葉のやり取りは無用。ここは山家《やまが》の一軒家。どうぞくつろいでくだされ」

「かたじけない……」

道節は心から頭を下げた。見回すとけっこうな広さがあり、中央には囲炉裏が切ってあり、自在鉤《かぎ》に鍋がかけられていた。

「まずはお三人、囲炉裏近くにお越しなされ。この真白山は大坂に抜ける近道ではあるが、慣れ親しんだ杣でも迷うことのある難所。さぞかしお疲れであろう。火にあたり、身体を温めなされ」

言われるがまま、三人は囲炉裏のまわりに座った。

「貴殿は山伏とお見受けいたすが……」

「さよう。わしは巌二坊《がんじぼう》と申す山伏にて、大峰《おおみね》、葛城《かつらぎ》から生駒を縦横に行き来しながら修行しておるが、ときおりこの小屋に寝泊まりして雨風を避ける。今夜はたまたま寺に帰るのが遅れたゆえ泊まっていたのだが、それが幸いしたようだな。この山の猿は教練されたるがごとき動きをするゆえ恐ろしいが、猿どもは火を嫌うゆえ、松明で追い払うのが一番だ。しかし一匹でも殺してしまうとほかの猿からの恨みを買い、いつまでもつきまとわれる」

「なるほど、火でござるか……」

道節はそうつぶやいた。巌二坊は欠け茶碗《ぢゃわん》に水を入れ、母子に差し出した。

「山中を駆け回って喉が渇いたのではないか？　飲みなされ」

そのあと道節に向かって、

「犬山殿はこれがよかろう。わしが醸したものだ」

後ろにあった甕《かめ》から白い濁り酒を茶碗に汲《く》んで差し出した。

「おお……これはなによりの好物。ありがたくちょうだいいたす」

巌二坊はおのれの茶碗にも濁り酒を注《つ》ぐと、

「思いがけぬ客人《まろうど》のお越しでわしもうれしい。さあ、ぐっとあけてくだされ」

道節が口をつけてみると、ざらざらした喉越しだが味は良い。

「酒の肴《さかな》にちょうどよいものがある。——これだ」

巌二坊は囲炉裏にかかっていた鍋の蓋を取ると、なかには山菜や茸《きのこ》がぐつぐつと美味《うま》そうに煮えていた。

「山中ゆえかかる粗末な食い物しかないが、これがなかなかいけるのだ。ささ、だまされたと思うて食うてみなされ」

巌二坊は手ずからその煮物を木椀《もくわん》によそい、皆に配った。酒を飲んだ道節は上機嫌になり、

「先ほどから、なにかよい匂いがする、と思うていたところだ」

そう言って煮物を食べた。醬油で煮ただけの料理だが、空腹時にはこのうえない馳走《ちそう》である。ふじと娘は箸をつけず、水ばかり飲んでいるので、

「そなたたちもいただいたらどうだ。美味いぞ」

そのとき、ふと道節は眩暈《めまい》を覚えた。目のまえの光景が歪《ゆが》む。

（おかしい……これしきの酒で酔う拙者ではないのだが……）

目と目のあいだを指で揉《も》んだが、治るどころかますます眩暈はひどくなる。囲炉裏も鍋もぐるぐる回っている。

「それでは……せっかく……ですから……いただき……ましょ……う……」

ふじの言葉がなぜかゆっくりと聞こえる。耳がわんわんと反響して聞きづらい。

「ねえ……ふせ……ひめ……さま」

道節は耳を疑った。

（ふせひめ、だと？　まさか……この娘が伏姫さま……）

道節は思わず娘の顔を見ようと身体を曲げた。今まで気づかなかったが、娘は首から三個の水晶玉がついた飾りものを下げていた。そのひとつに「伏」という文字が浮かんでいるのを道節はたしかに見た。

「そ……そなたが伏……姫……」

そこまで言いかけたとき、道節は上体がぐらりと傾き、そのまま囲炉裏端に倒れ込んで気を失った……。

二

「気が付いたときには身ぐるみ剝がれ、下帯ひとつにされて小屋の外に転がされておったのだ……」

犬山道節は、左母二郎、並四郎、船虫、、大《ちゅだい》法師のまえで涙ながらに昨夜の体験を語り終えた。

「あわてて小屋のなかに戻ってみると、そこにはだれひとりおらぬ。囲炉裏の火は消え、わが葛籠はおろか、湯呑《ゆの》みや木椀、鍋などもない……」

左母二郎が、

「ははあん……その山伏に一服盛られた、てえことだな。お気の毒さま」

「どうやらそのようだ……」

並四郎が、

「酒に毒が入ってたんかいな？」

「いや、濁り酒は彼奴《きやっ》も飲んだゆえ、そうではあるまい。鍋の茸を口に入れたとき、なにやら苦みがあり、頭の芯がぼうっとしたような気がしたが、酒の勢いもあってがつがつ食うてしもうた。おそらくはあれが……」

船虫が、

「毒茸だったってのかい？　うかつだねえ」

「さよう……おのれの衣服や刀などはともかくとして、柳沢保明公から預かりし五百金と犬塚信乃に渡すべき名刀村雨丸を奪われたるは、武士として許されざる恥辱。ただちにその場で腹かっさばき……と思うたが、頭をよぎるは、連れ去られたとおぼしき母子のこと……」

、大法師が、

「おまえが憤りに任せてその場で切腹したり、ひとりで奪い返しに向かわなんだのは賢明であった。――で、ふじと申すその女、間違いなく『ふせひめさま』と申したのだな？」

「間違いなく、と念を押されるとなんとも言えぬが、拙者にはそう聞こえ申した」

「水晶玉に『伏』の文字もあった、というのもまことなのだな？　かかる大事、なにゆえはじめに会いたるときにきちんと確かめておかぬ？」

「まさかそのようなことがあろうとは思うておりませなんだ。拙者が聞いていた伏姫さまの歳《とし》は八つか九つ。あの娘は十二、三に思えましたるゆえ……」

船虫が皮肉っぽく、

「あんた、毒茸のせいでふらふらになってたんだから、ただの空耳だろ？」

「かもしれぬ。なれど、もしまことに伏姫さまだとしたらこれは一大事。このこと法師殿にお知らせするまでは死ぬわけにはいかぬ、と恥を忍んでここまで参った次第。こうして法師殿に告げたうえからは心置きなく死ねると申すもの。この枝では腹が切れぬ。どなたか刀を貸してくだされ」

左母二郎が苦笑いして、

「やだね。だれがそんな間抜けなことに使わせるかよ」

ゝ大法師が、

「その山伏、茶屋の主《あるじ》が申したとおり、真白山に網を張る山賊の一味であったのだろう。旅人三人が宿りを求めてきたるを勿怪《もっけ》の幸いと、おまえに毒茸を食らわせて眠らせ、持ち物や衣服を奪ったのだ。ふじと申す女子《おなご》とその娘は、かどわかして隠れ家にでも連れていき、宿場女郎かなんぞにでも売り飛ばしてしまうつもりかもしれぬ。なんとしてでもその両名を救い出さねばならぬ。それまでは死ぬことなど許されぬぞ、道節」

「ははっ。命に代えてもお助けいたす覚悟……」

そう言って裸の道節は頭《こうべ》を垂れた。ゝ大は腕組みをして、

「そのふじと申す女、おのれの名は告げてもこどもの名を言わなんだのは、もしかすると母子ではなく主従かもしれぬ」

「なるほど……伏姫さまの守《も》り役ということでござるか。たしかに、おのれの娘に姫と呼び掛けるのは不審……」

そこまで言ったとき、道節はなにかを思い出したように、

「法師殿、信乃はいずれでござる。拙者の着物や段平などはどうでもよいし、五百両の金子《きんす》はいずれつぐなうこととしても、信乃の家宝であるあの刀を奪われたるは粗忽《そこつ》では

片づけられぬ。許されることではないが、ひと言謝らねばならぬ」

「それが……信乃はおらぬのだ」

「えっ？」

「大坂でいろいろごたごたがあったのだが、ここにおる三人のものの働きでなんとか収まった。信乃はことの次第を上さまに直《じか》にお知らせするために江戸に戻ったのだ」

「なんと……」

「おまえとは行き違いであった。ゆえに、伏姫さまの奪還はおまえとわしのふたりで行わねばならぬ。江戸表からの応援を待っている暇はない」

「それは難しゅうございますぞ。敵は幾人《いくたり》おるのかもわかりませぬ。伏姫さまを傷つけることなく取り戻すには、ふたりでは心もとなし」

「それはそうだのう」

ゝ大法師はそう言うと、左母二郎たちを見た。左母二郎は舌打ちをして、

「おいおい、まさかと思うが俺たちに加担しろ、てなことを思ってるんじゃねえだろうな。俺たちゃ一文にもならねえことには手は出さねえぜ」

道節が、

「一文にもならぬかもしれぬが、山賊を退治して、女ふたりの命を救うことは正義の行いではないか！」

「正義？　正義だと？　あははははは……」

左母二郎は大笑いしはじめた。並四郎と船虫もげらげら笑っている。道節は眉をひそめ、

「なにがおかしい！」

ゝ大法師が、

「こやつらは山賊などよりももっと始末に負えぬ悪党どもよ。おまえがまごまごしておると、唯一残ったその下帯まで盗まれかねぬぞ」

「なんと……！」

道節は赤いふんどしをあわてて両手で押さえ、

「法師殿のなさりようとも思えぬ。畏《おそ》れ多くも上さまにお仕えいたすわれら八犬士、悪党と手を結ぶなど許されざることではござらぬか」

左母二郎が、

「手を結ぶだと？　俺たちこそ、そんなこたぁ頼んじゃいねえ。土下座されたってなんざてめえを手伝うなんてごめんだぜ、馬鹿野郎」

「馬鹿野郎とはなんだ！　雑言申すと叩き斬るぞ！」

「その枝でかよ？　やれるもんならやってみな。俺ぁ刀使うぜ」

左母二郎は横に置いてあったおのれの刀に素早く手を伸ばした。ゝ大法師があいだに

入り、

「ああ、待て待て。――道節、おまえがいかん」

「せ、拙者が、でござるか」

「そうだ。このものたちは網乾左母二郎、鴎尻並四郎、船虫……と申してな、悪党だが、腕は滅法立つし、悪知恵にも優れ、度胸もある。口先だけの正義を気取る連中よりもずっと頼りになる。しかも、伏姫さま奪還は一刻を争う。町奉行所や大坂城代の助勢をあてにできぬ我々だ。わしとおまえだけでなにができよう。このものたちに助けを乞うしかあるまい。それがわからぬか」

「う……なるほど、言われてみればそのとおり。ならば、こやつらに金を渡して……」

　左母二郎が吐き捨てるように、

「おあいにくさま。俺たちゃ、ひとに金をもらってへいこらしながらなにかをやるってのが死ぬほど嫌いなんだ。おめえみてえなお上の『犬』じゃねえのさ」

「なんだと？　貴様、もういっぺん言ってみろ！」

　ゝ大法師が呆れたように、

「いい加減にせぬか。――左母二郎、わしはおまえの考えはよう心得ておる。しかし、此度《こたび》のことにはどうしてもおまえたち三人の助力が必要なのだ。だから、こういうのはどうであろう。道節を手玉に取ったる山賊は、おそらく大勢の善男善女から金銀財宝を巻き上げ、山中の隠れ家に貯《た》め込んでおるはず。首尾よう山賊どもを退治し、伏姫さまをお救いいたすことができたなら、おまえたちは勝手にその金品を持ち出してよいぞ。ただし、道節が持参いたした五百両と信乃の宝刀を除いて、だがな」

左母二郎がにやりと笑い、

「坊さんも俺たちのことがわかってきたようだな。金銀財宝がざっくざくか。悪くねえな。桃太郎になった気分だぜ」

道節があわてて、

「法師殿、そのようなことを約してはなりませぬぞ。もともとその金品は持ち主のもの。そのものたちに返すべきではござらぬか」

「たわけっ！」

、大法師は大音声《だいおんじよう》で一喝した。

「なーにをつまらぬことを申しておる！　今は伏姫さまのお命がなにごとより優先する。金などどうでもよいのだ。清濁を併せ呑みにできんでどうする」

「な、なれど……」

「身に虱《しらみ》あり、家に鼠《ねずみ》あり、国に賊あり、と申す。おまえのような杓子定規《しやくしじようぎ》な考え方でこの難事を乗り切れるか！」

「ははっ」

道節は頭を下げ、

「拙者が間違《まちご》うておりました。法師殿にお任せいたす」

、大法師は左母二郎たちに向かって、

「聞いての通りだ。大矢数《おおやかず》の折と同様、今度もよろしゅう頼む」

並四郎は、

「へへへ……わかった。山賊の上前をはねる、ゆうわけやな。腕がなるでえ。――なあ、左母やん」

しかし、左母二郎は横を向き、

「俺はやだね」

「え？　なんでやねん」

「俺ぁさっき、土下座されても手伝わねえ、と言ったばかりだ。俺に手伝ってほしけりゃ、土下座して頼め」

「左母やん、それはなんぼなんでも道節さんが可哀《かわい》そう……」

「やかましい、かも公は黙ってろい。――どうだ、土下座するのかしねえのか」

道節は唇を嚙み、左母二郎をにらみつけた。しかし、左母二郎も目を逸《そ》らさず、にやにや笑いながら道節を見据えている。あたりに一触即発の緊張が走った。やがて、道節は大きく息を吐き、その場に両手を突いて頭を畳にこすりつけ、

「網乾左母二郎殿、拙者の誤りであった。なにとぞわれらにお味方くだされ。これ……このとおりだ！」

左母二郎は道節のそのさまをじっと見ていたが、

「わかったよ。そこまでされちゃあ俺もこれ以上ゴネるわけにゃあいかねえ。手を貸そうじゃねえか」

「かたじけない！　なにもかも拙者の迂闊《うかつ》が招いたこと。よろしくお願いいたす」

丶大法師はポンと手を打ち、

「これで決まった。――しかし、道節、ひと一倍誇り高いおまえが、よう土下座をいたしたのう」

道節はカンラカンラと笑って、

「なあに、やってみれば土下座というのはなかなか心持ちのよいものでござる。毎日でも土下座してご覧《ろう》ず。だっはっはっはっはっ！」

わけのわからない人物である。

「あのさあ、そんなこたあたしゃどうでもいいんだよ。おまんまはどうなったのさ！」

船虫がわめいた。並四郎が、

「そろそろ炊けたと思うで。左母やんはどないや」

「味噌汁はできた。今、蕪《かぶ》の漬け物を切ってるところさ」

「早くしておくんなね。あたしを飢え死にさせるつもりかえ？」

五人は炊き立ての飯を食い、熱々の味噌汁を啜《すす》り、酒を飲んだ。真白山から大坂までの道のりを歩いてきた道節は、疲労困憊《こんぱい》しているはずだが、ひと一倍よく食らい、酒も飲んだ。そして、左母二郎に向かって、

「これで我々はひとつ釜の飯を食うたことになる。これで隔意がなくなった。以後、昵《じっ》懇《こん》に頼む」

「お、おう……わかった」

「だはははは。愉快愉快」

左母二郎は、ひとのよさそうな道節に少しばかり好感を持った。大法師が、

「ところで道節、おまえはまだ例の術を封印しておるのか」

「火遁の術でござるか。さよう……あのような術は二度と用いぬつもりにて……」

「此度の勤め、あの術が必要だとは思わぬか」

快闊《かいかつ》に笑っていた道節の顔が曇った。

「たしかに猿の群れに囲まれたるとき、火遁の法があれば……と思わぬでもござらなんだが……」

「であろう。わしも、おまえが火遁の術を使《つこ》うてくれたら心強い。山賊退治にも役立つ

であろう」

並四郎が、

「なんやて？　火遁の術ゆうたら火炎を意のままに操る忍術やろ。そんなもん、あんた、会得しとるんかいな」

道節は酒をがぶりと飲み、

「わが犬山家は剣術をもってなる家柄だが、秘密の家伝として火遁の術が代々伝わっておるのだ。拙者は亡き父よりその技を授かった」

火遁の術は「遁術」の一種である。遁術とは隠形《おんぎょう》の法ともいい、敵から逃れるための目くらましの術全般のことである。水中に隠れる水遁《すいとん》、樹木に化ける木遁《きとん》、地面に潜る土遁《どとん》……などがあるが、なかでも火遁の術は、火を使って相手を幻惑する法である。

「拙者は、敵から隠れ、逃れるための火遁の術を、攻めに使うことを考えた。たとえば木曾義仲《きそよしなか》が用いた火牛《かぎゅう》の計略のごとくだ」

「それ、ええやないか。なんで封印しとるんや」

「そのことだ……」

道節は遠くを見るような目になった。

「拙者がある城下町を訪れたとき、すでに夜中であったが、一軒の商家のまえにうずくまっているものを見つけた。なにごとならんと近づくと、若い男が店の雨戸に火を付けんとしておるところであった」

左母二郎が眉根を寄せ、

「付け火たあ大罪だぜ」

「そのとおり。見過ごしもできず、わしはそやつを捕えて商家のものに引き渡したが、どうやらいわゆる火事場泥棒で、富裕な商人《あきんど》の店に火を放ち、どさくさに紛れてものを盗むということを繰り返してきたらしい。数日後にその男は火あぶりの刑に処せられた。拙者も行きがかり上、刑場に赴いたが、その最期のありさまはとても正視に耐えうるものではなく、中途でその場を離れた。以来、拙者は火遁の術を使うのが嫌になり、封印することにしたのだ」

「なるほどねえ……。俺たち悪党は、どうで終《しま》いは木の空と覚悟はしてるが、火あぶりはご免だぜ」

するとゝ大法師が、

「おまえの気持ちはわかるが、山賊は何人おるのかわからぬし、猿どもも追い払わねばならぬ。よう思案せよ」

「はは……しばし猶予をくだされ」

道節は煮え切らぬ様子でそう応えた。ゝ大法師は、

「では、出かけよう……と言いたいところだが、その恰好では無理だろう。こちらでな

にか着るものを貸していただけ」

　並四郎が、

「それやったらわての七方出の衣装がぎょうさん二階にあるさかい、そこから選んだらええわ」

　隠れ家の二階には、並四郎が変装に使う膨大な数の着物や帯、小間物、鬘などが仕舞われている。それらを使って並四郎は、どんな身分にも、どんな商売人にも化けることができるのだ。そして、最終的に道節が選んだのは、金糸で稲妻と雲竜を縫い取りにした派手な着物だった。

「あのなあ……相手にばれたらあかんお役目とちがうんかいな。もうちょっと地味な恰好の方がええんやないか？」

「だっはははは一っ！　これぐらい派手でないと身が引き締まらぬのだ。うむ、なかなかよう似合うわい。気に入った！」

　満足げに階下へ下りていく犬山道節の後ろ姿に並四郎は、

「変なやつ……」

　とつぶやいた。

◇

かくして五人は大坂を出発し、真白山へと向かった。その道中、丶大法師は左母二郎ら三人の素性と、彼らが大矢数試合にまつわる陰謀をいかにして暴いたかについてを説明した。

「うーむ、それはまさに豪傑だな。悪党、大いにけっこう！」

悪党と手を結ぶなど許されぬ、と言っていたのはすっかり忘れてしまったようだ。感情の起伏が激しく、すぐに泣いたり、激昂《げきこう》したり、笑い出したりする。考え方もころころ変わる性質《たち》らしい。

「あんたは、どうして信乃さんの刀を預かってきたんだい？」

船虫がきくと、

「それはだなあ……」

若干声が聞き取りにくいのは、途中の餅屋で買った餅を食べながら歩いているからで、口のまわりが粉だらけである。

「信乃は娘に化けての道中だったので、大坂に刀は持参しなかった。だが、やはり家宝の品ゆえ届けてやった方がよかろう、と上さまが申されて、ちょうど下坂《げはん》するところだった拙者が託されたのだ。まさか江戸に戻ったとは……この道節、生涯の不覚。信乃に合わせる顔がない」

そう言いながらも餅を美味そうにむしゃむしゃ食っている。

「まあ、いいじゃないの、たかが刀一本ぐらい……。もっといい刀を買って、返せばいいんでしょ」

「それがそうは参らぬのだ。信乃の刀、村雨丸は犬塚家に代々伝わる家宝というだけでなく、不思議な力を秘めており、かけがえのないものなのだ」

「へえ……どんな力だね」

「抜けば刀の切っ先から水がほとばしり、ひとを斬ってもその水のせいで血糊《ちのり》がつかぬ。振れば振るほど水量は増し、まるで驟雨《しゅうう》のごとくゆえ村雨丸と名がついた、と聞く」

「そんな馬鹿な。鞘《さや》に水を仕込んであるんじゃないだろうね」

「ははは……その程度の量ではないぞ。あとからあとから、泉のように湧いて出るのだ。信乃によると、犬塚家はもともと熊野那智大社《くまのなちたいしゃ》の神官の家柄で、那智の滝自体を飛瀧《ひろう》権現として祀《まつ》っていた。その神に授かった刀ゆえ、どこへ持ち出しても刀身が那智の大滝と感応してそこから際限なく水が届くのだ、という」

左母二郎が、

「刀から水が出ても、なんの得にもならねえ。喉が渇いたときに重宝するぐれえだろ。俺ぁ、刀を振ったら酒が出てくる養老の刀か、銭がちゃりんちゃりんと出る打ち出の刀の方がいい」

そう言うと、瓢簞《ひょうたん》の焼酎をぐびり、と飲んだ。

「だははは。そんな都合のよい刀があるものか。清浄な水が出るからよいのではないか」

「水が出たら刀が錆《さ》びちまわあ。南蛮手妻《なんばんてづま》じゃあるめいし、俺ぁそんな刀はいらねえ」

、大法師が笑って、

「そうでもないぞ。わしも信乃に見せてもろうたことがあるが、水と言うてもちょろちょろしたものではない。まるで怒濤《どとう》のように噴き出すのだ」

並四郎が、

「今頃、山賊もびっくりしとるかもしれんな」

五人がようよう真白山の麓にある真白村に着いたのは、すでに山肌を西日が照らし染めているころだった。

「とんだ田舎《いなか》じゃねえか」

左母二郎はそう言ったが、たしかに見渡すかぎり田畑しかない。田植えまえの田んぼには田起こしをしているものがぽつりぽつりといるだけで閑散としている。

「うむ……朝はあわてていたので気づかなかったが、ひなびた土地だな」

道節も言った。五、六人の村人たちは左母二郎たちに気づくと、あわててどこかへ姿を消してしまった。

「なんや？　わてら、嫌われてるのやろか」

並四郎がそう言うと、ヽ大法師が、

「あそこにある大きな屋根がおそらく庄屋の屋敷だろう。山に入るまえにまずはあそこを訪ねてみよう」

五人はぞろぞろとその屋敷に向かった。小川のせせらぎやカアカアというカラスの鳴き声が聞こえてくる。一見のどかな雰囲気なのだが、どこかぴりぴりしたものがある。さっきいなくなった百姓たちがどこかからこちらを見つめている視線も感じるのだ。

「頼もう……頼もう！　我々はこの山に巣食う山賊どもを退治に大坂より参ったるもの。真白村の庄屋殿の屋敷とお見受けいたす。門をお開けくだされ！」

道節が音吐朗々呼ばわると、なかから声がした。

「山賊退治なんぞ頼んだ覚えはない。去《い》んでくれ」

「拙者らも頼まれた覚えはない。我の勝手でやるのだ。入れてくれい」

「去ねちゅうたら去ね。死んでも娘は渡さんぞ」

道節たちは顔を見合わせた。

「娘などに用はない。山賊に用があるのだ」

「嘘つけ。あんたら、真白神さまのお使いやろ。頼むさかい、うちやのうてよそへ行ってくれ」

「真白髪……？　なんだ、それは？　聞いたこともないぞ。拙者の髪はまだ黒いわい」

しばらく声が途絶えた。いらついた左母二郎が、

「おうおうおうおう、おめえ、いつまで俺たちを待たすんでえ。山賊退治だって言ってるだろうが。庄屋なら庄屋らしく腹くくんなよ。まごまごしてやがると、この戸、蹴破るぜ」

「あ、あんた方……ほんまに娘を奪《と》りに来たのとちがうのか」

道節が、

「ああ、心配するな」

かたかた、と戸が開き、なかから三十代半ばの、がっしりした体軀《たいく》の男が顔をのぞかせた。目尻の垂れた、ひとのよさそうな顔つきだが、顔色は悪く、なにかに怯《おび》えているようだった。

「どうだ、庄屋。わしらが真白神とやらの使いに見えるか?」

道節が言うと、

「あっ……あんたは!」

「拙者を知っておるのか」

「今朝まだ暗いうちに裸で街道を歩いてたお侍やな」

「見られておったか。山賊にたばかられて身ぐるみ剝がれたので、仲間を連れて仕返しに参ったのだ」

男は安堵したのか、

「早うなかに入っとくれ」

急《せ》かすような口調に五人はばたばたとその家に入った。まだ灯りは点《とも》されておらず、なかは暗かった。広い土間があり、その奥に三人の小さな女児と母親らしき女が怯えた顔つきでこちらを見ている。皆がなかに入ると、庄屋は戸を閉め、しんばり棒をかった。

「なにをそんなに怯えておる」

丶大法師が進み出て、そう言った。

「またぞろ真白神さまが娘を攫《さら》いだしたのや。こないだも吉松《よしまつ》のところの五歳と七歳の子が家のまえで遊んでいたのが、ちょっと目ぇ離した隙におらんようになった……」

「その真白神さまというのはなんだ」

「このお山のどこかに真白神さまゆう怖い神さまがいてはってな、ときどき村の娘を神隠しにあわしなはるのや。つぎはうちの番やないか……と思てなあ、びくびくしとるのや」

「神というのはひとを守り、福を授けてくれるものだ。娘を攫うような輩《やから》は神ではなく、妖怪、魔物の類であろう」

「とにかく娘のおる家のもんはみんな怯えてますのや。毎日、朝晩、真白神さまに『うちの子だけは奪らんといとくなはれ……』ゆうて拝みあげとります。山賊も怖いけど麓までは下りてこん。わしらには真白神さまの方がずっと怖いんだす」

　左母二郎が、

「神隠しといやあこどもと相場が決まってるが、真白神てえやつも小さな子しか攫わねえのか？」

「いや……娘やったら歳恰好にかかわらずだす。これまでおらんようになったのは、五歳ぐらいから二十歳過ぎまでばらばらだすわ」

「五歳、七歳ならともかく、二十歳となりゃだれかに連れていかれようとしてもそれなりに抗《あらが》うだろう。ひとり、ふたりの仕業じゃあねえな。大勢で寄ってたかってかどわかしてるんだろうぜ」

「せやさかい、神隠しや、てさっきから言うとりますやろ。人間の仕業やおまへんのや」

「山賊ならやりかねねえぜ」

「山賊が何人も山からやってきたらすぐに目につきますがな。昼間、あやしいもんもだーれもおらんところで急にいなくなるさかい恐ろしおますのや」

　道節が、

「その、吉松というものの子がおらぬようになったときも、まわりに村人のほかはだれもおらなんだのか」

「ひとりも見かけなんだそうだす。このあたりは、余所《よそ》もんが入り込んだらよう目立ちますさかい、すぐにわかります。顔を見知った村のもののほかは、たまに山越えをしてきた旅のお方が通るぐらいのもんだすわ。それに、これまでの神隠しのときも、気ぃついたらおらんようになってた……いうことの繰り返しでおまして……」

「ふうむ……たしかに神か天狗の仕業としか思えぬのう。――待てよ、庄屋。山伏はどうだ？」

「山伏だすか？　大峰、葛城から来る山伏は生駒の方に抜けていきます。この山にも山伏はおるらしいけど、麓に下りてくることはおまへんわ。山の奥の方で修行してはるのとちがいますか」

「中腹に山小屋があるぞ」

「わしらは真白山には入らんさかい知りまへんのや。うかつに登ると祟《たた》りがあるとかで、山猟師も真白山だけは避けとるらしい。あんた方も山賊退治なんぞやめたほうがええのとちがうか。山賊に出会うまえに真白神さまに殺されてしもたらなんにもならん」

道節がからからと豪傑笑いをして、

「そのような神など、拙者が襟首摑んでぴりぴりっとふたつに引き裂き、半分はつけ焼きに、もう半分は煮付けにして食ってやるわい。だっはっはっはっはっ！」

庄屋は顔を真っ赤にして、

「それが困ると言うとるのや！　あんた方、余所もんが真白神さまに食われるのはかまへんけど、真白神さまがお怒りになって里の我々を食い殺しに下りてきたらどないしてくれる！　娘を奪られるだけでも恐ろしいのに、男どもまで殺されたら村はおしまいや。もし、そうなったらあんたらのせいや」

船虫が鼻で笑って、

「ふふふん……そうなってもあたしたちの知ったこっちゃないねえ」

「なんやと、この女《あま》！」

庄屋が摑みかかってきたのを船虫はひょいとかわして、その左頰を思いきりひっぱたいた。

「痛あっ……！　な、なんじゃ、この女。わしは、ゴマみたいに小さい村とはいえ、痩せても枯れても庄屋……村方三役の筆頭やぞ。なんで叩くのや！」

「ぐちゃぐちゃうるさいから黙らせてやろうと思っただけさ」

そのとき、三人の女児のうち、十歳ぐらいの娘が目に涙を浮かべながら、

「お姉ちゃん、うちのおとんをいじめんとって……」

船虫はとまどって、

「あ、ああ……ごめんねえ。いじめたわけじゃないんだよ。つい、いらっとして手が出ちまったというか……」

　左母二郎が笑いながら、

「やめとけよ、船虫。素人《しろうと》相手に遊んでる暇はねえんだ。お嬢ちゃん、すまなかったな」

「かまへんよ」

「なんて名だね」

「とみ……」

　娘は涙を手で拭うと、母親のもとに戻った。

「――おい、庄屋」

　左母二郎は凄《すご》みをきかせて庄屋をにらんだ。

「な、な、なんだすか……？」

「最後にひとつききてえんだが、神隠しだの山賊だののこと、お上にゃ知らせてるのか？　この村はどこの奉行所の支配になってるんだ？」

　庄屋は下を向くと、

「大坂町奉行所だすけど、町奉行所の役人なんぞついぞ来たことがおまへん。年貢の時期になると代官が来よるけど、米の出来と取り立ての話しかしよらん。真白山は帳面上、西側は河内《かわち》やさかい大坂のお奉行所、東側は大和《やまと》やさかい奈良奉行の差配になっとるが、ほんまに扱《あつこ》うとるのは山代官だすわ。けどなあ、この山代官がめちゃくちゃ嫌なやつで、何年かにいっぺん、思い出したようにやってくるけど山にも入らん。酒、肴のもてなしをさせて、賄賂《わいろ》を受け取って帰りよります。神隠しのことも言うたんやけど、そんなものは迷信だ、道に迷って崖から落ちて死んだのだろう、とか言いよる。なんの役にも立たん、案山子《かかし》みたいな役人だすわ」

左母二郎はうなずいて、

「だろうな。役人なんてやつらは日本中どこに行ってもそんなもんさ。——いろいろありがとよ。じゃあ行ってくらあ」

「やっぱり行きますのか？　くれぐれも真白神さまを怒らせんように……頼んまっせ、頼んまっせ、頼んまっせ」

「わかってらあね」

五人は庄屋に見送られて外に出た。山の方に行きかけたとき、庄屋が、

「しもた。田んぼに鋤《すき》を忘れてきた。ほっとくと夜露で錆びるさかい取りにいかんとなあ……」

とみという娘が、

「おとん、うちが取ってくるわ」

そう言って走り出した。

「行かんでええ。わしが……ああ、行ってしまいよった。かなんなあ……」

「親思いのいい子じゃねえか。大事にしてやんなよ」

「へえ……」

三

五人は畦道《あぜみち》を進み、真白山に向かった。山道を登っていると、鳥の声が雨のように降ってくる。

「のどかだねえ……」

船虫が言った。

「大坂の町なかにいると、鳥の声なんてまともに聴くことないから、こういう山登りもたまにゃいいもんだね。あれはホトトギスかい？　キジも鳴いてるねえ。ん……？　あのぼーっ、ぼーっ、ていう低い声はなんだろね？　フクロウかい？」

「知るけえ！　鳥なんてどうだっていい。まずは山賊の隠れ家をつきとめねえとな」

「はっ。風流心がないね。呆れたもんだ」

「うるせえや」

並四郎が、

「せやけど、真白神なんていう神さん、ほんまにおるんやろか」

左母二郎は、ぺっと唾を吐き捨て、

「いるわけねえだろう。どうせ人間がやってやがるのさ」

「けど、だれもおらんのにいなくなる、ちゅうのは……」

並四郎がそこまで言ったとき、

「おーい、大坂のお方ーっ」

後ろから声がした。振り向くと、庄屋が蒼白《そうはく》な顔で追いかけてきている。

「どうした？」

悪い予感を抱きながら左母二郎がたずねると、

「娘が……とみがおらんようになった……」

「なんだと？」

「さっき鋤を取りに田んぼに行ったんやけど、いつまで経っても戻ってこんさかい探しにいったのや。でも、どこにもおらん……」

「田んぼは近《ちけ》えのかい？」

「目と鼻の先だす。あいつの脚やったら、まばたきするあいだに戻れるはずだすのや」

「田んぼにはだれかいなかったか？」

「今日の仕事は終わってるさかい、ひとりもおらん。わしも、あいつが田んぼの方に駆けていくのをずっと見とった。山に入るあんた方の後ろ姿にちょっとだけ目をやって、またとみに目ぇ戻したときには……」

　そこまで言うと庄屋は涙ぐんだ。

「あんた方、とみを見かけなんだか？」

　一同はかぶりを振った。丶大《ちゅだい》法師が、

「真白山に入る道がここひとつならば、娘の姿がわしらの目に触れぬはずはない」

「えらいことになってしもた。一番恐れてたことが起きた。ああ……わしはどないしたらええのや」

　しゃがみ込む庄屋に船虫が言った。

「あんた、親だったらもっとしっかりしなよ。あんたが言うように、本当に真白山の神さまが攫ったんだとしたら、あの子はこの山のどこかにいるはずだろ。あたしたちと一緒に探しに行きゃいいさ」

「えっ？　あんた方、とみを探すのを手《て》伝《つど》うてくれるのか？」

「馬鹿お言いでないよ。あたしたちにはべつの用事があるんだ。けど、ひとりで山に入るより心丈夫だろ？」

「そ、そやな。おおけに……わしを連れてってくなはれ」

「どこか、探すあてはあるのかい？」

「そんなもんないけど……そや、村の年寄りが昔言うとった。山のどこかに真白神さまの祠《ほこら》を祀った洞窟がある、とか……」

丶大法師が笑いながら、

「本来ならば地元の庄屋がわしらを案内《あない》してくれるのだろうが、本末転倒だな」

「すんまへん……。わしは多胡太郎《たごたろう》と申します。代々、この村の庄屋を務めとります」

手入れがほとんどなされていない山道は、落ち葉がうずたかく積もっていてすぐに踏み迷いそうだ。道節が、

「明るいうちに見ると、昨夜拙者たちが迷うたのもむべなるかな、と思うわい」

丶大法師が、

「おまえが訪れた山小屋の場所はわからぬか」

「うーむ……こちらからなら暗峠に向かう道筋にある森を通り抜けたるところ、ということになりましょうが、そのような森は今のところ……」

五人は上へ上へとひたすら登っていく。皆、無言だ。やがて船虫が、

「あたしゃもうやだよ！　しんどくて歩けない」

そう言うと、路傍の石に腰をかけ、竹筒の水を飲んだ。丶大法師も、

「そうだな。ここでしばし休息を取ろう」

皆は汗を拭いたり、水を飲んだりしはじめた。左母二郎は瓢箪に詰めた焼酎をガブ飲みしている。

しかし、多胡太郎はいやいやをして、

「そんなことしとったら、とみが真白神さまに食われてしまう」

「焦るな。ここで疲れを癒しておかぬとこのあとが続かぬぞ」

「せやかて……」

多胡太郎はぶつくさ言いながらも、本心は疲れ切っていたらしく、べしゃんと地面に座ったが、

「うわあっ！」

船虫が、

「なんだね、大声出してさ……」

「こ、こ、これ……とみの……」

そう言って多胡太郎がつまみ上げたのは赤い守り袋だった。

「間違いないのかい？」

「うちの娘三人に、死んだわしの母親が渡したもんや」

多胡太郎が裏を返すと、そこには「とみ」という縫い取りがあった。

「やっぱりとみはこの山に連れてこられたのや。こうしてはおれん。一刻も早う見つけださんと……」

多胡太郎は立ち上がると、いきなり闇雲に駆け出した。左母二郎が、

「お、おい、でたらめに走ったって無駄だぜ！」

「とみーっ、とみーっ！　おとんが今行くからなーっ！」

庄屋の声は遠ざかっていく。

「しゃあねえ野郎だな。放っておくわけにもいかねえし……」

左母二郎が言うと船虫が、

「娘さんが心配で気が気じゃないのさ」

「おい、おめえはどう思う」

「なんのことだね」

「若い娘がいなくなるって話さ。神隠しだと思うか？」

「さあねえ……昔話じゃあるまいし、神さまはそんなことしないだろう。あたしゃ、だれかがかどわかして、宿場女郎にでも売り飛ばしてるんじゃないかと思うけどね」

「俺もそう思うが、ただ、いなくなるときにまわりにだれもいねえ、てえのがどうにも腑《ふ》に落ちねえ。どんな手妻を使ってやがるのか……」

そんなことを言い合いながら、五人は多胡太郎が向かった方角へと歩き出した。しばらく行くと、道節が立ち止まり、行く手を指差した。

「これだ！　拙者が迷い込んだのはこの森だ。やっと見つけたわい！」

道節が眼前を封じるように立ちはだかる黒く大きな森林を指差した。並四郎が、

「へへへ……あの庄屋の怪我《けが》の功名やな」

まだ、かすかに残照は山腹を輝かせてはいたが、森のなかはほぼ闇夜と同じだ。道節たちは提灯に火を入れると、森のなかに足を踏み入れた。ここからはもう小径《こみち》すらない。木と木のあいだを狐《きつね》や山犬のようにすり抜けて進まねばならぬのだ。

「ああ、うっとうしい！　髪に小枝が引っ掛かるんだよ、もう！」

早速船虫が文句を言ったが、だれも聞くものはいない。

「変な虫も多いしさ、ぎゃっ！　蜘蛛だ！」

並四郎が、

「やかましいで、船虫。山賊に聞こえたらどないするねん」

「ちっ、わかったよ」

すぐまえを歩いていた丶大法師が振り向くと、

「いや、虫には気を付けた方がよい。ムカデやヒルもおるぞ。マムシでも踏んづけたら大ごとだ」

船虫は青ざめて、

「だから、あたしゃ田舎は大っ嫌いなんだ！」

そう言うと、こわごわ足もとを見た。

「おう……待て。みんな、止まれ」

左母二郎が言った。

「なんや、左母やん」

「見ろ、あそこに灯りがちらちらしてねえか」

道節が興奮して、

「あれだ、あれだ！　あれこそ拙者が昨夜訪れし山小屋に相違なし！　いざ、急がん！」

「待てったら。灯りが見えるてえことは、だれかがいるってことだ。つまりは……」

「山賊の一味、か。昨日の山伏とも考えられる。なるほど、ならば、拙者たちが来たのを気づかれぬようにせねばならぬな」

「そういうことさ。——行くぜ」

左母二郎たちは提灯の火を吹き消して、息を殺し、足音を立てぬよう気遣いながらその灯りに向かって進んでいった。戸に手の届くあたりまでやってきたが、なかからはなんの反応もない。耳を澄ましてみても、会話や物音は聞こえてこない。

「どうする？」

、大法師が小声で左母二郎に言った。

「こうしてたって仕方ねえ。思い切って踏んごんでみるか」

「うむ」

五人は目配せをし合い、息を合わせると、一、二の三で戸に身体をぶつけた。戸はあっさりと開き、五人はなかに勢いよく飛び込んだ。左母二郎は刀を鞘走らせながら灯りの場所に突進したが、途中で突然立ち止まった。残りの四人は左母二郎の背中にぶつかり、ばたばたと相次いで倒れてしまった。

「なんや、左母やん。急に止まんなや！」

左母二郎はそれには応えず、

「おい、多胡太郎、なにしてやんでえ！」

皆が見ると、火の消えた囲炉裏の側に座っているのは庄屋の多胡太郎だった。

「めちゃくちゃに走ってたら、ここに山小屋があったんで、こわごわ入ってみたらもぬけの殻でおました。暗いさかい提灯に火ぃ入れて、これからどないしよかと思とったところだす」

「なんだ、庄屋か。驚かすな」

道節も太い息を吐いてその場にあぐらをかくと、

「ここは拙者が昨夜、山伏に毒茸鍋を食わされて身ぐるみ剝がれた場所だ。この囲炉裏に鍋がかかっていたのだ」

丶大法師が、

「なにか手がかりになりそうなものは残っておらぬか」

小屋のなかを細かく検《あらた》めていた船虫が、

「なんにもないねえ。——あれ、こいつはなんだい？」

小さな納戸らしきところを開けると、そこには黒い木の葉のようなものがたくさん入っていた。

「汚いねえ……ゴミかい？」

そう言ってひとつを摘《つま》み上げる。多胡太郎が、

「ああ、それはこのあたりに多い『ネンネタケ』ゆう茸や。味はええけど、二つ、三つ食べると、熊でも寝てしまう」

船虫は笑って、

「あははは……道節さん、あんた、これを食わされたんだね。ざまあないったら……」

道節は気色ばんで、

「美味かったのだからしかたがない。今でも、毒茸だとわかっていても、寝てもよいときであれば食うてみたいと思う」

「へえー、そんなに美味いのかい。そう言われると、あたしもちょいと食べてみたいかも……」

左母二郎が、

「馬鹿なこと言ってんじゃねえよ。——おい、庄屋。真白神の祠、てえのはどこにある

のか皆目わからねえのかい」

「へえ……場所は聞いたことがおまへん」

「村の年寄りの話をよーく思い出してみろよ」

「山のどこかに真白神さまの祠を祀った洞窟がある、としか聞いとりませんわ。あ……いや、待てよ。たしか、その洞窟からは神さまの吠《ほ》える声が聞こえてくる……とも言うとりました」

「神さまの吠える声……？　なんのことだ」

「さあ……」

船虫が、

「あのさ、あたし、さっき山に入ったときから、ときどき聞こえてくる、ぼーっ、ぼーっ、ていう音が気になるんだよね。あれって、神さまの吠える声じゃない？」

「そんなの俺ぁ聞いたことねえぜ」

「ずいぶん遠くから、鳥の声なんかに混じってかすかに聞こえてくるのさ」

犬山道節が、

「そう言えば、拙者も昨夜、そんな声を聞いた覚えがある。あれはいったいなんなのだ」

多胡太郎が、

「ようわかりまへんけど、ぼーっ……とかいう低い音やったら、法螺貝《ほらがい》みたいだすな」

船虫と道節は顔を見合わせ、

「法螺貝……」

「そうか、法螺貝か。なるほど、そうかもしれぬ。この一件、山伏が絡んでおるからのう」

道節がそう言ったとき、

「静かにせよ」

丶大法師が言った。


ぼおお……おんおん……

ぶおんぼう……おおお……おんおんお……

ぶう……ああああ……ん……んんん……


「聞いたか」

「聞いた」

「あれだな、真白神の吠える声……」

皆が口々に言った。法螺貝とおぼしき音は松籟《しょうらい》に隠れるようにして蕭条《しょうじょう》と響いている。そして、その間隙に聞こえてくるのは、ギャアア……キャッキャッキャッ……という微《かす》かな、しかし、大勢の猿の叫びである。左母二郎が、ふとつぶやいた。

「もしかしたら真白神てえのは猿神かもしれねえな……」

、大法師が、

「なぜ、そう思う」

「猿のことを、マシラってえだろ？　真白は『ましろ』じゃなくて、『ましら』じゃねえのか」

「だったら、どうだっていうんだよ」

船虫がきくと、

「どうでもねえ。ただ、そう思ったてえだけだ。けどよ、昔から猿神だの狒々《ひひ》だのは、年に一度、娘を生贄《いけにえ》に欲しがるとか言うじゃねえか」

道節が、

「拙者たちを襲った猿どもも、名将のもと一糸乱れず動く兵のようであった。猿神が指図しておったのかもしれぬ」

多胡太郎が震え出した。

「真白神さまが猿神やとしたら……うちの娘は猿神の生贄にされるちゅうことか……！　そんな……そんなことはさせんぞ！」

そう叫ぶと、多胡太郎は提灯を摑み、小屋から飛び出していった。並四郎は肩をすくめると、

「またや。ほんまに落ち着きのないやつやで。じっとしとれや」

船虫も、

「さすがにあたしも付き合いきれないよ。あいつ、馬鹿じゃないの？」

、大法師も、

「わしらにはわしらの目的がある。伏姫さまを探さねばならぬのだ。そもそもわしらは……」

そのとき、

「ぎゃあああああっ！」

という悲鳴が聞こえてきた。明らかに多胡太郎のものだ。

「いけねえ……！」

左母二郎は刀をひっ摑み、小屋から出た。ほかのものたちもあとに続いた。あたりはすでに真っ暗である。船虫が提灯を差し出したが、蛍のようにおぼろげな光ではとうてい多胡太郎の姿を捉えることはできなかった。五人はてんでばらばらに小屋の周囲を探した。

「たしか、こっちの方から聞こえてきたようだったが……」

道節が小屋の裏手から森の奥に向かってずんずんと歩き出した。左母二郎が、

「おい、足もとに気を付けろよ！　暗いからなにかあってもわからねえぜ」

「心配いらぬ。マムシがおろうがサソリがおろうが、拙者はばりばりと踏み潰してしまうわい。だっはっはっはっ……うわあああっ！」

「どうした！」

左母二郎が叫んで提灯をかざすと、道節はその場にへたり込んで、

「が、崖だ。危うく落ちるところであった……」

皆が道節の後ろに集まった。見ると、道節が立っていたのは切り立った崖のすぐ手前で、あと半歩でも進んでいたら転落していたところだった。崖の下がどうなっているのかは提灯程度ではまるでわからない。船虫が、

「ねえ……あの庄屋、ここから落ちたんじゃないだろうね」

ゝ大法師が、

「ありうることだな」

道節が身を乗り出し、下方に向かって、

「おおい……多胡太郎……そこにおるのか……！」

声をかぎりに叫ぶと、

「ふえーい……」

すぐに返事が下から上がってきた。命に別状はないようだ。

「落ちたのかーっ」

「落ちましたーっ」

「どのぐらいの高さがあるーっ」

「わかりまへーん。提灯の火が消えて、なんにも見えまへんのやーっ」

「怪我はないかーっ」

「あちこちすりむいて血だらけやし、腕も胸も背中も脚も痛いけど、骨だけは折れてないみたいだすーっ」

「それはよかったーっ。——拙者らは用事があるので助けてはやれぬーっ。自力で上がってまいれーっ」

「あ、あ、あ、アホなーっ！　こんな崖、ひとりで上がれますかいなーっ！　助けとくなはれーっ！」

「今は無理だーっ。拙者らの用件が済んでからなら、救うてやってもよいーっ。それまで待てーっ」

「そんなん待てまへんーっ。狼に食われてしまいますーっ。なんとかしとくなはれーっ。あんたら、ひとを見殺しにする気かーっ。ひと殺しーっ！　ひと殺しーっ！　ひと殺しーっ！」

左母二郎が、

「うるせえ野郎だな。このままわめかせてたら、山賊どもに気づかれちまうぜ。あいつの口を封じるためにも助けにいった方がいいんじゃねえか？」

丶大法師が、

「そのようだが……だれが助けにいく？」

だれも手を挙げない。しかし、皆の視線は並四郎に注がれている。並四郎は自分を指差して、

「わ、わてか……？　なんでやねん！」

「おめえは大泥棒だろ？　大店《おおだな》の屋根や城の天守閣でもすいすい行くじゃあねえか」

「高いとこは得意やけど、崖から下りるのはなあ……」

しかし、一同はふたたび並四郎をじっと見つめた。

「わーかった、わかった。しゃあない。わてが行くわ。声の大きさからして、高さはだいたいわかるさかい……」

そう言ったあと、あたりの木に絡みついていた蔓《かずら》をぐい、ぐい、と引いて何度も強度を確かめていたが、やがて、

「でやっ！」

と崖から身を躍らせた。左母二郎が深淵《しんえん》をのぞき込み、

「相変わらず身体の軽い野郎だぜ」

しばらくのあいだ、崖下からはなんの音も聞こえてこなかった。皆が心配しはじめたころ、

「おーい、下りられたでー」

並四郎の声が上がってきた。

「庄屋は無事なのかー」

「脚をくじいとるだけや。そんなことより、どえらいもん見つけたでー。みんな、下りてこーい」

「はあ……？　俺たちにこの崖を下りろ、てえのか。——馬鹿野郎！　そんな曲芸ができるかよ！」

「できるできるー。わてが使た蔓は丈夫やさかい、切れたりせえへん。ひとりずつ下りといで。高さは三丈ほどや」

「三丈だって、落ちたら死ぬぜ」

「庄屋はぴんぴんしとる。落ちたかて、わてが受け止めたる。——さ、早うせえ！」

意を決したように左母二郎が、

「ちっ……。じゃあ、俺から行くか」

そう言うと蔓を右手だけで持ち、地面を蹴った。

「おーっととっと……ありゃりゃりゃ……」

けたたましい声が遠ざかっていく。道節と丶大法師も左母二郎に続いた。残ったのは船虫である。

「おーい、船虫。あとはおめえだけだぜ。とっとと下りてこい！」

「あたしゃやっぱりやだよ。ここで待ってるからさ、あんたらだけで……」

「ならねえ。おめえも来るんだ」

「うーん……ちょいと考えさせとくれ」

「どれぐれえだ」

「あと一刻ばかり」

「馬鹿言うねえ！」

「あー、どうしようかねえ。下りる気はあるんだけど、下見たら足がすくむんだよ」

「だったらうえ見とけ！　この意気地なしの腰抜けの臆病女！　毒婦が聞いてあきれらあ」

「言ったね！　わかった、下りてやるよ。けど、言っとく。みんな、下見ときな。ちょっとでもうえ向いたらただじゃおかないからね！」

そう叫ぶと、船虫は蔓を両手で拝むように摑み、思い切って宙に身を投じた。

「あれっ、あれあれあれ……うひーっ！　どうなってるんだいっ！　あああ、手が……手が！　きゃあああっ、助けてえっ！」

船虫は途中で蔓から手を放してしまったのだ。空中で、泳ぐように両手両足をばたつかせたが、もちろんそれでどうなるものでもなくそのまま墜落していった。どすん……！　と船虫が落ちたのは、左母二郎の腕のなかだった。

「あ、ありがと……」

赤面した船虫に左母二郎は苦笑いして、

「重すぎらあ」

「なんだって、左母二郎！」

怒ってみせたものの、船虫はそそくさと左母二郎の腕から地面に下りた。左母二郎は気にした様子もなく、並四郎に言った。

「で、その『どえらいもの』ってのはどれでえ？」

並四郎は彼方を指差し、

「あれや、あれや。見てみ。この先、ずーっと林が続いてるやろ、そのまだ先や。かなり遠いけど……」

一同はそちらに目を転じた。、大法師が唸った。

「洞窟、か……」

かなり大きな洞窟が、林を抜けたあたりにぽっかりと口を開けている。そこに月光が

当たって、入り口がきらきらと輝いている。左母二郎が、

「あれがお宝の山か。へへっ、しめた。——早速乗り込もうぜ！」

道節も両の目の玉をひんむいて、

「うむ、拙者を虚仮《こけ》にするとどうなるか、たっぷり味わわせてやる。腕が鳴るわい。脚も鳴るわい」

すぐにも洞窟に向かって突撃しようというのを、大法師が、

「待て。まずは山賊一味がどのぐらいの人数か、囚《とら》われているのは何人ぐらいか調べるのだ」

その言葉にあとの五人はうなずいた。

洞窟のなかでは篝火《かがりび》が焚《た》かれているらしく、ときおり黒い煙が立ち上る。五間《けん》ほど離れたところにある巨木に隠れて、しばし様子をうかがっていると、山伏が数人、外に出てきた。皆、酔っているらしく、足がふらついている。

「今日はカモは来ぬようだな」

「うむ。昨夜のような間抜けな侍に、また来てもらいたいものだ」

「五百両とは豪儀だのう。為替《かわせ》ではなく大判で持っておるとは、奪ってくれと言わんばかりだわい」

「たいそうな豪傑のようにうそぶいておったが、ネンネタケでころりと寝てしもうた。

不用心なやつだ」

「おおかた鼻の下を伸ばしておったのだろう」

山伏たちは笑い合った。船虫がにやにやしながら道節に、

「そんなに伸ばしてたのかい？」

そうささやくと、道節は顔面を紅潮させ、

「ううう……許せぬ！　あやつら、あとでぎたぎたにしてやる……」

山伏がもうひとり、洞窟から出てくると、

「おおい、そろそろ頭《かしら》の話がはじまるぞ」

ほかの山伏は洞窟に引き返したが、

「わしは小便してから戻るわい」

ひとりだけ左母二郎たちの方に近づいてきた。その山伏は皆が隠れている木に向かって、まえをまくった。左母二郎はそっと近づくと、刀を鞘ごと抜き、こじりで男の喉ぼとけを思いきり突いた。

「ぐえ……」

山伏は白目を剝いて倒れた。船虫がネンネタケをふところから取り出し、その口に押し込んだ。すると、山伏はすぐに寝息を立て始めた。

「よく効くねえ……」

船虫は感心したように言った。左母二郎は刀で切った蔓で男を縛り上げたが、まるで目を覚ます様子はない。

「おい、かもめ。こいつに化けられるか？」

「そやなあ……。七方出の道具はあんまり持ってきてないけど、なんとかなるやろ」

言うが早いか、手鏡に顔を映して眉や皺を描きはじめた。仕上げに粘土のようなもので手早く付け鼻をこしらえるとそれを装着し、皆の方を向いた。

「どや？　暗いとこやったらごまかせるやろ」

、大法師が、

「うーむ、鮮やかなものだな。明るいところでもばれぬだろう」

庄屋の多胡太郎は目を丸くしている。並四郎は山伏の身ぐるみを剥ぐと、それに着替えた。

「ほな、ちょっくらちょいと物見に行ってくるわ」

「見破られても暴れるんじゃねえぜ。とっとと逃げ出してこいよ」

「ああ、わかっとる」

並四郎は気楽そうな足取りで洞窟に向かっていった。多胡太郎は仰天して、

「あ、あ、あんた方はなにものや……」

「ただの山賊退治」

左母二郎がそう応えた。

しばらくして並四郎が笑いながら駆け戻ってきた。

「ご注進、ご注進。洞窟のなかに、猿の石像があったでぇ。あれがたぶん猿神の祠、ゆうやつやな。その像のまえに小さな女の子がいてたわ」

多胡太郎が身を乗り出し、

「えっ！　うちのとみとちがいますか」

「ちごたなあ。薄紫の着物を着てた。水晶玉のついた首飾りもかけてた」

多胡太郎はがっくりと肩を落とした。犬山道節が、

「薄紫の着物であれば、拙者が会うた娘、すなわち伏姫さまに相違なし。やはり、かどわかされておったか！」

丶大法師が、

「山賊の人数はいかほどであった？」

「全部は見えんかったけど、だいたい二十人ほどやないかな。全員、山伏の恰好やった。どいつが親玉か、まではわからんかったわ」

多胡太郎はぶるぶると震え、

「わしら六人やのに相手が二十人とは多勢に無勢や。とてもやないが勝ち目はおまへん

がな」

それを聞いて、一同はどっと笑った。

「なにがおかしいんだす」

左母二郎は、

「俺ぁ今、二十人か、少ねえなあ……と思ったところだ。まあ、おめえをのけて、この五人ならいくら山賊が強かろうが、なんとかなるだろうよ」

「ほ、ほんまだすか？　頼もしいなあ。わしはとてもやないが加勢でけまへんけど……」

「そんなもなあ最初《はな》から当てにしちゃいねえから安心しな。――で、どうする？　ぶわーっと押しかけるか、それともなにか計略を使うか……」

船虫が、

「ぐずぐずしてるとその伏姫とかとみさんとかが生贄にされちまうよ。こういうときは後先《あとさき》考えず、ノリでぶわーっと行ったほうがいいんじゃないかい？」

「俺もそう思う。坊さんはどうでえ」

「うむ、わしも同じだ。――では、行くか」

全員が同意した。左母二郎が、

「だれか号令をかけてくれよ。それを合図に飛び出そうぜ」

道節が、

「その役目、拙者が引き受けよう。――うおおおおおお……かかれえっ！　かかれ、かかれ、かかれ、突撃だ！　拙者に続け！　行け行け行け行け行けえっ！」

野獣のように叫ぶと自ら洞窟に向かって突進していった。残りの五人は半笑いしながらあとに続いて走り出した。洞窟に突っ込み、なにが起きたのかとうろたえ騒ぐ山賊たちに向かって襲い掛かる。道節は、手近なひとりを捕まえると、その顔面を両手で摑み、

「うおーっ！」

咆哮一番、額に頭突きをかました。気絶した相手から道節は刀を奪い取り、二度、三度素振りをくれると、山伏たちのただなかに躍り込んだ。

「なにやつだ！」

「山賊の棲《す》み処《か》に夜討ちをかけるとは、命知らずにもほどがある」

「飛んで火にいる夏の虫だ。ぶっ殺してしまえ」

山伏に扮《ふん》した山賊たちが口々に言い合うのを道節は嘲笑《あざわら》い、

「ほざいたり、藪蚊《やぶか》ども。わんわんうるさいぞ！」

山賊たちも手に手に武器を取って応戦する。なにしろ人数でははるかに勝《まさ》っているのだ。左母二郎たちも、ひとりが三、四人を相手しなければならないからたいへんである。

道節は、昨夜彼をだました山伏を見つけると、

「いざ、見参！　昨夜の借りを返しにきた。勝負せよ」

「ネンネタケでねんねしていたくせに、えらそうにほざくな。返り討ちにしてくれる」

道節が渾身《こんしん》の馬鹿力で刀を振り下ろし、山伏が刀を横一文字にしてそれを受け止めた瞬間、がきっ、という音とともに道節の刀の目釘《めくぎ》が折れた。

「ちいっ、とんだなまくら刀であったわい！」

道節はそれを地面に叩きつけると、あたりを見渡した。壁際に放置された一本の刀が目に留まった。愛用の大段平である。それに飛びつくと転がりながら抜き放ち、立ち上がって構える。

「これさえあれば百人力だ。かかってこい！」

その言葉に誘われるように山伏が斬り込んでくるのを、なんの小細工もなく、上段から段平を力任せに振り下ろす。すばやく下から受けようとした山伏だったが、刀がぐにゃりと歪んでしまった。あまりのことに山伏は蒼白になり、そのままその場にへたり込んだ。道節はずんずんと近づき、男の首筋に手刀を叩き込んだ。山伏は吹っ飛び、洞窟の壁に激突した。

「だっはっはっ！　ざまを見ろ！」

愉快そうに笑うと、つぎの相手を探し始めた道節だが、

「おお……あれは！」

昨日奪われた彼の葛籠を見つけたのだ。開けてみると、なかのものは手付かずで残っ

ている。道節は、五百両には目もくれず、錦の刀袋に入った刀を取り出すと、

「これぞ、犬塚信乃の宝剣村雨丸。ありがたや、かたじけなや。あとは伏姫さまを取り戻さねば……」

それを背負うと、ゆっくり歩き出した。

左母二郎は、ふたりの山伏と対峙《たいじ》していた。ひとりはのっぽでひとりはちびである。ふたりとも槍《やり》を構え、息の合った攻撃をしかけてくる。左から繰り出される槍を右に払い、間髪を容《い》れず右から繰り出される槍を左に払いながら、左母二郎はじりじりと後退していった。

「これじゃきりがねえな。——ええい、面倒くせえ！」

左母二郎は後ろの壁ぎりぎりまで跳び下がった。左右の山伏が、しめたとばかり同時に槍を突き出したが、たがいにぶつかりそうになって手を止めた瞬間、左母二郎は右足で壁を蹴ると疾風のような速さでふたりに襲い掛かった。そして、彼の刀は一度閃《ひらめ》いただけだったが、山伏はふたりとも折り重なって倒れた。

並四郎は匕首《あいくち》を逆手に持ち、ひらり、ひらり、と山賊たちの間隙を縫いながら目まぐるしく前進、後退を繰り返している。ときには壁づたいに洞窟の天井近くまで駆け上がり、ときには跳躍して、向かってくる敵の頭上を飛び越したりと、忍びのもののような動きを見せた。そして、あっという間に四人の山賊をぶちのめし、地面に這わせていた。

「どんなもんや、はっはっはーっ。えーと、お宝はどこやどこや」

並四郎は山賊たちの財宝探しに取りかかった。

そして、ゝ大法師は錫杖《しゃくじょう》を振り回しながら洞窟のなかを駆け巡り、

「伏姫さまーっ！　おられぬか！　おられたら返事をなされよ！」

そう叫びつつ、奥へ奥へと入り込んでいくと、石造りの巨大な猿の像のまえに出た。よほど古いものなのか、顔も身体も摩滅していたが、明らかに猿である。台座には「真白神」という文字が彫りつけてあるのがかろうじてわかる。その像のまえに、三十代半ばの品のいい婦人と、薄紫色の着物を着た十二、三歳ほどの女の子が立っている。娘の首には、聞いていたとおり、水晶玉を三つつけた飾りものがかかっている。

（間違いない……！）

ゝ大法師は娘に駆け寄ろうとした。

「伏姫さまでいらっしゃいますか。愚僧はゝ大法師、またの名を金碗大輔《かなまりだいすけ》と申すもの。山賊どもにかどわかされたと聞き、お救いに参上いたしました。つつがなきご様子に安堵しております。間に合《お》うてよかった……」

そこまで言ったとき、思わずその脚が止まった。ゝ大を見つめるその少女の全身から、なにやら黒い「気」のようなものが立ち上っているように思えたからだ。そこに道節と左母二郎が合流した。左母二郎が、

「こいつがその伏姫なのか？」

「いや……うむ……わしにはわからぬ……」

　大は汗を拭いながら少女から目を離さぬ。左母二郎も、大の様子に気づき、その少女に視線を向けた。道節が、

「おお、昨夜は不甲斐《ふがい》なき姿をお目にかけ、まことに恥じ入ってござる。また、伏姫さまとも存じ上げず、失礼つかまつった。ご無事でなにより。今からこの犬山道節がここに巣食う山賊どもを蹴散らし、追い散らすゆえ、どうぞそこでご高覧あれ」

　しかし、左母二郎はこちらを憎々しげににらみつける娘の眼光や、その身体を覆うおぞましい瘴気《しょうき》に、身体が雷に打たれたような衝撃を受けた。左母二郎は、これと同じような感覚を味わったことを思い出した。

（其角《きかく》だ……）

　宝井《たからい》其角と相対したときに感じた忌まわしさをこの娘も放散していた。

（どういうことだ……このガキが……）

　左母二郎は娘をにらみ返し、

「てめえが伏姫か」

　左母二郎が言うと、娘はにやりと笑った。側にいた女が、

「伏姫？　違います。このお方は野伏姫《のぶせりひめ》さま」

「野伏姫……？　おめえたち母子はこの山伏野郎どもに攫われたんじゃねえのか？」

女はけたけたと笑い、

「まだ、わかっていないようですね。私は野伏姫さまの母親ではありません。腰元を務めるふじと申すもの。難渋する旅の母子と偽って、真白山に踏み入る旅人のうち、お金を持っていそうな愚か者に声をかけて山小屋に誘い込み、ネンネタケで眠らせてその金巻き上げるのが仕事」

道節は真っ青になり、

「な、なんと……山賊どもの手下であったか……」

「手下とは失敬な。野伏姫さまはここなる真白山を棲み処とする山賊真白衆の頭領なのです」

「げっ……！」

三人は少女の顔をまじまじと見た。少女は微笑《ほほえ》みながらふじを見上げている。

ふじは、

「私たちは、山伏に似て山伏にあらず。野に伏す野伏《のぶせり》なのです」

野伏とは、山賊の異称である。、大法師は一歩進み出て、少女の水晶玉を検分した。

「ひとつには『伏』、ひとつには『姫』、もうひとつには……『野』の文字。すりゃ、伏姫さまにはあらず、野伏姫だったとは……」

それを聞いた道節は、傍のものが心配になるほどうなだれた。ふじは薄ら笑いを浮かべて、

「われらは戦国の昔からこの山に棲み暮らす真白衆という野伏なり。野伏姫さまは先代頭領のひとり娘にして、真白衆を統《す》べる尊きお方。先代亡きあとはわれらがお側に仕え、お守りしておる次第……」

左母二郎は唾を地面に吐いて、

「悪党の俺が言うのもおかしいが、年端もいかねえ娘っ子にいまだ善悪の区別がつかぬ頃合いから悪事を仕込む、てえのはひとの道に外れてるぜ。ウザったくてウザったくて吐き気がしてくらあ」

ふじは艶然と笑いながら、

「野伏姫さまは、かつてはこの稼業が嫌だとだだをこね、先代を困らせておられましたが、今年になってからにわかに山賊の道にふさわしいふるまいをなされるようになり、我々も安堵しております」

野伏姫は左母二郎に、

「私は善悪の区別がついています。よいことが悪で、悪いことが善でしょう」

「こんな風に財宝を貯めて、なにがしてえんだ」

「いつか来る日のために軍資金を集めています。でも……本当のところはそんなことは

二の次です。私は……大坂を滅茶苦茶《めちゃくちゃ》にしてやりたいのです」

左母二郎はぞっとした。これこそ、其角が口にしていたのと同じ言葉ではないか。左母二郎は丶大法師に目をやると、丶大もうなずき、

「なにかに憑《つ》かれておるようだな」

「なにかって……」

「それはわからぬ」

そう言ったあと、

「この下の村でときおり猿神とやらに娘が神隠しに遭う、というのも貴様らの仕業か」

ふじが、

「あれも山賊稼業の合間に長年続けている銭儲《もう》け……猿神に名を借りて娘をかどわかし、上玉ならば新町《しんまち》に、下玉ならば宿場女郎に叩き売るのです。いい小遣い稼ぎになりますよ」

「な、な、なんやとーっ！」

庄屋の多胡太郎が跳び上がった。

「うちのとみにそんなことしよったらただではおかんでえっ！」

多胡太郎は野伏姫に摑みかかったが、ふじにあっさり突き飛ばされ、丸太のようにごろごろ転がった。左母二郎が、

「ひとに見られねえようかどわかすのはどういう手妻を使ってるんだ？」

「手妻？　ほっほっほっ……」

ふじは白い喉を見せて笑った。

「猿にやらせるのです。猿ならば背が低く、動きも敏捷《びんしょう》ゆえ、だれにも見つからぬよう、瞬時の隙を狙って連れ去ることができます。大人でも、五、六匹が一度にかかれば、口を塞ぎ、手足を押さえ、あっという間に『隠す』ことができるのです」

道節が、

「おまえたちはこの山の猿を自在に操れる、とでも申すか。そのようなことが……」

そう言いかけたとき、十人ほどの山伏がふじの左右に集まり、

「半分ほどはやられてしもうた。どうする……？」

ふじが背伸びをしながら、

「知れたこと。猿どもにこのものどもを片づけさせるのだ。——野伏姫さま……」

そう言いながら法螺貝をひとつ、野伏姫に手渡した。少女はにこりと笑うと、

「猿よ、来い」

そう言ったあと歌口に桃色の唇を当てた。

ろー、ろろろ……

ぼう……うお……おおお……

ずず……ううお……おおん……おおおおん……

ぼう……うう……ううう……


「なんやなんや……なにをはじめよったのや」

皆は背後にざわざわという気配を感じ、洞窟の入り口の方を振り返った。そこにはすでに数十匹の猿が集まってきており、まだまだ増えそうな様子である。道節が、

「こ、これは……この娘だけにできる技なのか」

「この法螺貝こそ、真白衆に代々伝わる猿寄せの貝。これを吹くと、猿どもの心を意のままにできるのです。だれが吹いてもよいが、野伏姫さまが一番の巧み。いずれ猿どもに大坂の町を襲わせるのが夢だ、と申しておられます……」

「くそっ……昨夜の猿どもも貴様らの仕業だったか……」

いつの間にか猿の数は百匹にも達しており、いずれも左母二郎たちをじっとにらみつけている。並四郎が、

「ヤバいで、これは。どうする、左母やん」

「どうするって……これだけの数にいっぺんにかかってこられたらどうにもならねえ。逃げるったって、出口を塞がれちまってる。どうしたもんかな……」

道節が、

「知れたこと。斬って斬って斬りまくればよい」

「相手が多すぎる。身体中に取りつかれたら、身動きもできゃしねえぜ」

野伏姫の法螺貝の音は次第に高くなり、今や洞窟中に突き刺さるように響き渡っていた。機は熟したと思ったか、ふじが叫んだ。

「真白神さまの言いつけぞ。猿ども、このものたちを殺せ！　殺せ、殺せ、殺せ！」

猿たちが一斉に飛び掛かってきた。洞窟の床、壁、天井を身軽につたいながら、恐ろしいほどの速度で押し寄せてくる。そのさまはまるで大波のようだった。口々に喚《わめ》き、叫び、吠え、牙を剝き、唾を飛ばしている。さすがの左母二郎たちもあまりの凄まじさに刀を構えたまま洞窟の奥へ奥へと後退するしかなかった。先頭の数匹が並四郎に飛びついた。

「うひゃあっ！」

並四郎はその勢いに仰向《あおむ》けに倒れた。猿たちは並四郎の顔と言わず腕と言わず、全身に嚙みついている。左母二郎は刀をめちゃくちゃに振り回して猿を追い散らそうとしたが、猿どもは宙を飛びながら巧みにかわす。一匹が左母二郎の顔面にしがみつき、その目に指を突っ込んできた。

「こ、こいつ、目玉をえぐろうてえのか、くそったれ！」

両手でその大猿を引き剥がそうとしたが、ほかの数匹の猿が彼の両手に取りついて動きを封じてくる。丶大法師は数匹の猿を錫杖で薙ぎ伏せたが、一匹の猿が錫杖のうえを綱渡りのようにして歩いてくると、丶大の喉笛に嚙みつこうとした。

「うわっ、たまらぬ！」

丶大は錫杖を放り投げた。

皆の様子を見ていた道節が、ぽん！　と手を叩いた。

「巌二坊が申しておった。猿どもは火を嫌うゆえ、松明で追い払うのが一番、とな」

道節は左母二郎に、

「おまえの瓢簞に入っているのは、たしか焼酎だったな」

「あ、ああ……そうだ」

「寄越せ」

道節は左母二郎の瓢簞を摑み、引っ張った。

「なにしやあがる！」

左母二郎は抗おうとしたが、つぎからつぎへと押し寄せる猿への対応に追われているうちに瓢簞を道節に奪われてしまった。

「弓矢八幡ご照覧あれ！　犬山家伝来の火遁の法、今こそその封印を解かん！」

道節は焼酎を口に含むと、近くにあった篝火に近づいた。篝火に向かって少量の焼酎を吹きかけると、火は逆流して道節の口に吸い込まれていく。口腔《こうくう》が真っ赤に輝いたかと思うと、つぎの瞬間、なにかが爆発したかのような凄まじい炎の奔流が道節の口から噴出した。赤い竜のような火炎は猿たちに向かって襲い掛かった。毛に火がついた猿たちは悲鳴を上げて逃げまどい、あちこちを駆け巡ったあげく、ついには洞窟から一匹残らず出ていってしまった。道節の火炎放射はそれだけでは終わらなかった。つぎは山賊たちに向かって火を吐きまくる。黒い煙が口の両端から濛々《もうもう》と立ち上っている。

「うわあっ、死ぬ！」

「お助けっ！」

「尻が……尻が焼ける」

灼熱《しゃくねつ》の炎は渦を巻いて洞窟のなかを走り回った。あらゆるものを燃やし、猿神の石像までも焼き尽くした。天井や壁が真っ赤に発熱し、ばらばらと剝落しはじめた。それでもまだ法螺貝を吹き続けている野伏姫に左母二郎は歩み寄り、刀を振り上げた。

「あ……左母やん、あかん！」

娘を斬り殺そうとしていると思った並四郎はそう叫んだが、左母二郎は構わず刀を振り下ろした。娘の持っていた法螺貝が両断され、地面に落ちた。娘は、はっとした表情になり、呆然《ぼうぜん》として目のまえに迫る炎の舌を見つめた。

「左母二郎、奥の土牢《つちろう》に押し込められてた連中を助け出したよ！」

大勢の女こどもを従えた船虫がやってきた。そのなかに娘のとみを見出《みいだ》した庄屋の多胡太郎は、

「とみ！　無事やったか！　よかったよかった……」

そう叫んでわが子を抱きしめた。

「よくやったぜ、船虫。そいつら連れて早く逃げな。俺も逃げる」

左母二郎は野伏姫の腕を摑むと、出口に向かって駆け出した。後ろから炎が追ってくる。逃げながら左母二郎は道節に、

「おい、猿どもを追っ払ったはいいが、ちょっとやりすぎじゃねえのか。なんとかしろよ！」

「わかっておる」

道節は、燃えさかる火炎に向かって仁王立ちになると、背負っていた刀袋から村雨丸を取り出した。

「信乃、おまえの宝刀、少し借りるぞ」

そう言って村雨丸を抜き払うと、赤い津波のように迫る炎に向かってかざし、

「ええいっ！」

と斬りつけた。切っ先は虚空を斬っただけだったが、その刀身から大量の水がほとばしった。最初は木の小枝ほどの太さの水流に過ぎなかったが、だんだんと量が増してい

き、すぐに大竹の根もとほどになった。そして、しまいにはひと抱えもあるような太さとなり、轟々《ごうごう》と唸りを上げながら滝のような勢いで炎に注ぎ込まれていく。さしもの劫《ごう》火《か》も次第次第に衰えていき、ついには消え失せた。

外に逃れた左母二郎たちは、もはや戦う気の失《う》せた山賊たちを縛り上げ、かたわらの大木につないだあと、黒煙が噴き上がる洞窟を心配そうに見つめていたが、やがてそのなかから六方を踏むような仕草とともに飛び出してきた道節にやんやの喝采を浴びせた。道節は、滝つぼにでも飛び込んだように全身が濡《ぬ》れていた。

「ようよう、千両役者！」

「だっはははは！　待たせたのう！」

豪快に笑う道節の顔は煤《すす》けて真っ黒だった。

「あんなに火ぃ噴いて……なんともねえのか？」

左母二郎が言うと、

「なんともない。口のなかが焼けただれて、しばらく飯が食えぬだけだ」

こともなげにそう言い放った。

猿たちはすでに四散しており、残っているのは左母二郎ら六人と、縛られた山賊たち、救出された娘たち、そして、ふじと野伏姫だった。野伏姫は、たった今夢から覚めたようにぼんやりとしている。

大法師が、

「野伏姫とやら、おまえはおのれがなにをしておったか覚えておるのかな」

娘はしばらく考えていたが、苦しそうな顔つきになり、

「なにがなんだかわかりません。山のなかで杖をついた白い顎鬚《あごひげ》のお爺《じい》さんに出会って、その方が私に、『おまえをわしの依《よ》り代《しろ》のひとりに任ずる。ついてまいれ』と申されたのです。私はそのお方がこの山に住む仙人かと思ってあとについていったのですが……そこから先のことは覚えていないのです」

「おまえは今まで、悪い霊に取り憑かれていたのだ。法螺貝を失ったときの心への衝撃でその霊が去ったのだろう」

丶大法師がそこまで言ったとき、突然、目のまえの洞窟が凄まじい音とともに崩れ落ちた。炎に煽《あお》られ、水で冷やされ、とうとう耐えきれなくなったのだろう。長年の棲み処を財宝とともに失った山賊たちも、情けなさそうな顔で廃墟《はいきょ》を見つめている。そして、皆の気持ちを代弁するように左母二郎が言った。

「あーあ……潰れちまったぜ」

船虫が地団駄を踏みながら道節に、

「どうしてくれるんだよ！　あたしゃ、山賊のお宝を掠《かす》め取るためにしんどい思いをしてここに来たんだ。なにもかも埋まっちまったじゃないか！　これじゃ骨折り損のくたびれ儲けだよ！」

「そう言われても……拙者はおまえたちを猿どもから救うてやりたい一心でやっただけだ」

「そりゃそうかもしれないけどさ……」

左母二郎が、

「おい、船虫、そんなことを言ってる場合じゃねえようだぜ」

「なにさ」

「あれを見ねえ」

左母二郎ははるか下方の山道を指差した。松明らしい灯りがいくつも登ってくる。

「今の山火事を見て、山代官がさすがに重い腰を上げたようだぜ。ここにいたら間違いなく捕まっちまうぜ」

「ちっ、仕方ないねえ。大和の方から逃げようか」

「だな」

ヽ大法師は庄屋の多胡太郎に、

「おまえはこの娘たちを連れて山を下りろ。野伏姫のこともよしなに頼む。わしらのことは役人には言うな。――よいな」

「へ、へえ……承知いたしました。このご恩は一生忘れまへん」

五人は真白村とは反対の側に向かおうとしたが、左母二郎が言った。

「おい、船虫」

「なんだよ」

「出せよ」

「――はあ？　なんのこったい」

船虫の顔がひきつった。

「しらばっくれるな。おめえ、葛籠のなかから五百両、盗《と》っただろう」

はじめのうち船虫は、あー、とか、うー、とか言いながらごまかそうとしていたが、しらを切りとおすことはできないと思ったのか、

「ああ、盗ったよ。悪いかい？　あたしたちは山賊が盗んだ金品は好きなように持ち出していい、ということでこの話、引き受けたはずだろ？」

「そうだ。ただし、道節が持ってきた五百両と信乃の刀を除いて、てえことだった。――おめえも覚えてるはずだ」

「ま、まあね……」

「そいつを掠めるのは、悪党の仁義にもとるぜ。出せ」

「――え？」

「出せよ。背中に背負《しょ》ってる風呂敷のなかにあるんだろ？」

船虫は逡《しゅん》巡《じゅん》していたが、風呂敷から五百金の袱紗《ふくさ》包みを取り出してそこに置いた。

「これさ。持ってけ、泥棒」

「へへ……ものわかりがいいじゃねえか」

左母二郎はそれを手に取ると、道節にぽいっと放り投げ、

「たしかに渡したぜ」

そう言って、山道をたどりはじめた。

四

深夜、中奥にある寝所で眠りについていた将軍綱吉《つなよし》は、側用人柳沢保明から、新義真《しんぎしん》言《ごん》宗の大僧正隆光《りゅうこう》が急ぎの用件で目通りを願い出ている、と告げられた。

「かかる時刻に登城とは解せぬのう。その用件とはなんじゃ」

「大坂についてわかったことがある、とだけ申しております。いかが取り計らいましょうや」

「大坂について……？」

綱吉は布団をはねのけ、上体を起こした。

「うむ、御座之間《ござのま》にて対面いたそう」

綱吉は寝巻姿のまま御座之間の上段へ向かった。しばらくして隆光が入ってきた。

「かような深夜に上さまをお起こしいたし、まことに畏れ多いことではございまするが、どうしても火急にお知らせしたきことができまして……」

「出羽《でわ》から大坂の件と聞いた。伏姫のことでなにかわかったのか」

「いえ……」

「では、なんじゃ」

「愚僧、先日以来、毎夜、駿河台成満院《するがだいじょうまんいん》の護摩壇《ごまだん》にて祈禱《きとう》をいたし、大坂について占いを続けておりましたが、あいかわらず大坂の上空には黒い雲がかかったかのごとくにて、わが眼力が届きませぬ。ところがつい先ほど、その雲に突然隙間が生じ、様子が少しばかり見通せるようになり申した」

「むむ……さようか。で、どのような具合じゃ」

「占いの結果と申すものは言葉に表しにくうございまするが、法螺貝のようなものがふたつに切れて地に落ちるさまが眼前に浮かび申した。その瞬間、黒雲が晴れたのでございます。そして、大坂全土に覆いかぶさるような……その……白鬚の老人の姿が……」

隆光は汗を拭いた。柳沢保明が、

「隆光、上さまにいい加減なことを申すでないぞ。そのような怪談を語るためにお起こし申し上げたのか」

「いい加減なことではない。出羽殿には祈禱や占いの機微はわからぬだろうが、愚僧にはたしかに見えたのだ。口では伝えられぬ。そう思うて、上さまのまえでそれを再現するために参ったる次第……」

「再現だと？　ここでか？」

「さよう。おそらく今夜のうちならば、大坂の様子、上さまにお目にかけることができようと存ずるのだ」

「ふん、馬鹿馬鹿しい。からくり仕掛けかなにか知らぬが、深夜に老人の化けものを上さまにご覧に入れるなど、時節外れのとんだ肝試し。そのようなまやかしごとはまかりならぬ」

「待て、出羽」

綱吉が落ち着いた口調で言った。

「その方はまやかしごとと申したが、白鬚の老人ならば、余にも少し心当たりがある。――隆光、ここで祈禱をやってみい」

保明はあわてて、

「上さま、先日の祈禱の折、危うく二の丸が火事になりかけたことをお忘れですか」

隆光が、

「いや、あのときは人数をそろえ、護摩木を盛大に焚き、閉じたる門を法力で無理矢理こじあけようとしたるがゆえに軋轢《あつれき》が生じたのだ。此度は慎重に行うゆえ、ご安堵なされよ」

「だと申して……」

綱吉は、

「よい。隆光、祈禱をいたせ。ただし、気を付けてな」

「ははっ」

隆光は左右に燭台《しょくだい》を立て、そのまえに経文を書いた巻物を広げると、左手に独鈷《とっこ》鉤《こう》を持ったまま尊勝仏頂仏母陀羅尼《そんしょうぶっちょうぶつもだらに》を唱え始めた。

「ナウボバギャバテイ・タレイロキャ・ハラチビシシュダヤ・ボウダヤ・バギャバテイ……」

しばらくすると、経文の文字が勝手に踊り始めた。

「タニャタ・オン・ビシュダヤ・ビシュダヤ・サマサマサンマンタ・ババシャソハランダギャチギャガナウ・ソハバンバ・ビシュデイ……」

隆光の頭上にいきなり漆黒の「虚空」が広がった。それはおそらく、大坂の今の光景を上空から見下ろしているのだと思われた。

「ボウジヤ・ボウジヤ・ビボウジヤ・ビボウジヤ・ボウダヤ・ボウダヤ・ビボウダヤ・ビボウダヤ・サンマンダ・ハリシュデイ・サラバタターギャタ・キリダヤ・ジシュタナウ・ジシュチタ・マカボダレイ。ソワカ!」

虚空のなかになにかが見えた。白い顎鬚の老人だ。経帷子《きょうかたびら》のような白い装束に頭陀《ず だ》袋《ぶくろ》を下げ、手には杖を持っている。髪の毛はざんばらで、乱杭歯《らんぐいば》を剝き出し、両手を左右に広げ、大坂のうえに覆いかぶさっている。口のなかは血を吸ったかのように真っ赤で、目は鷹《たか》のように険しい。

綱吉と保明は魅入られたようにその老人を見つめていた。隆光は独鈷鉤を突き出し、

「畏れ多くも上さまの御前であるぞ。狐狸妖怪の類ならばわが法力をもって粉々に打ち砕いてやるから覚悟いたせ！」

老人は蛇が鎌首をもたげるがごとく隆光に顔を向け、

「憎い……憎い……」

「なにが憎いのだ！」

「綱吉が……憎い……」

綱吉はびくっとして保明に抱きつき、がたがた震え出した。

「紀州《きしゅう》が……尾張《おわり》が憎い……憎い……」

老人の身体から発する忌まわしい妖気は、時空を超えてこの御座之間にも伝わってくる。

「わしは……大坂が欲しいのじゃ……大坂を滅茶苦茶に潰してからわがものとしたい……」

隆光は老人をはったとにらみ、

「汝《なんじ》、大坂の地に仇《あだ》なすもの、正体を現せ！」

そう叫ぶと、独鈷鉤を老人の顔面目掛けて投げつけた。老人は首を横に曲げて独鈷鉤を避《よ》け、隆光に向かってくわっと口を開いた。

「我こそは……我こそは……」

老人は長い舌を垂らし、白目を剝いて隆光を威嚇したあと、

「我こそは……徳川光圀《とくがわみつくに》が怨霊……」

そう言った。それを聞いた途端、綱吉はその場に頽《くずお》れた。

◇

「また、一文の銭にもならなかったなあ、左母やん」

並四郎が言った。五人連れの一行は、そろそろ夜が明けようとしている奈良街道を生駒山から大和へと向かっていた。

「ちげえねえ。──けどよ、なかなか面白かったぜ」

「面白いだけやったら腹は膨れへんで」

「へへ……そりゃそうだが、『遊びをせむとや生れけむ戯《たわぶ》れせむとや生れけむ』てえことを知ってるか？」

「なんじゃそりゃ」

「知らなきゃいいんだよ。今日の朝飯は奈良漬けで茶粥《ちゃがゆ》と洒落込むか」

「そんなこと言うたかて、銭がないがな」

「奈良の大寺の坊主どもをちょいと脅かしてやりゃ、少しの銭ぐらい出すだろうぜ」

道節が胸をどしんと叩き、

「そのときは拙者が火を噴いてやろう」

船虫が、

「ねえ、あんた。火遁の術は封印してたんじゃなかったのかね」

「だはははは。久しぶりに火を噴いてみると、なかなか爽快だった。これからはおいおい使うていくつもりだ。晩はどこかの料理屋で一杯、といこうか！」

犬山道節はそう言って高らかに笑った。

（つづく）

左記の資料を参考にさせていただきました。著者・編者・出版元に御礼申し上げます。
『大阪の橋』 松村博 （松籟社）
『大阪の町名―大阪三郷から東西南北四区へ―』大阪町名研究会編（清文堂出版）
『歴史読本 昭和五十一年七月号　特集　江戸大坂捕り物百科』（新人物往来社）
『近世風俗志（守貞謾稿）（一）』喜田川守貞著　宇佐美英機校訂（岩波書店）
『完全　東海道五十三次ガイド』東海道ネットワークの会（講談社）
『南総里見八犬伝（一）』曲亭馬琴作　小池藤五郎校訂（岩波書店）
『南総里見八犬伝（二）』曲亭馬琴作　小池藤五郎校訂（岩波書店）
『NHK文化セミナー・江戸文芸をよむ　八犬伝の世界』徳田武著（日本放送出版協会）
『西鶴　矢数俳諧の世界』大野鵠士著（和泉書院）
『ことばの魔術師西鶴――矢数俳諧再考』篠原進・中嶋隆編（ひつじ書房）
『日本の作家　52　元禄の奇才　宝井其角』田中善信著（新典社）
『黄門さまと犬公方』山室恭子著（文藝春秋）
『江戸城　将軍家の生活』村井益男著（中央公論社）

解説

末國善己

上方《かみがた》落語の愛好家として知られる田中啓文は、登場人物に洒落《しゃれ》や地口《じぐち》をしゃべらせることが多く、落語を題材にしたミステリで、若き落語家の成長物語でもある〈笑酔亭《しょうすいてい》梅寿謎解噺《ばいじゅなぞときばなし》〉シリーズなども発表している。グルメと謎解きを結びつけた時代小説〈鍋奉行犯科帳〉シリーズの舞台が大坂なのも、上方落語への愛ゆえのように思える。

そんな著者が、新たな時代小説のシリーズをスタートさせることになった。そこで落語にちなみ、まずは三題噺から始めたい。

お題その一。曲亭馬琴《きょくていばきん》の『南総里見八犬伝《なんそうさとみはっけんでん》』。

一八一四年に刊行が始まり、一八四二年に完結した『南総里見八犬伝』は、名前に犬の文字があり、仁義八行《はちこう》（仁《じん》、義《ぎ》、礼《れい》、智《ち》、忠《ちゅう》、信《しん》、孝《こう》、悌《てい》）の文字が記された数珠の玉を持ち、体に痣《あざ》がある八犬士（犬飼現八《いぬかいげんぱち》、犬川荘介《いぬかわそうすけ》、犬村大角《いぬむらだいかく》、犬坂毛野《いぬさかけの》、犬山道節《いぬやまどうせつ》、犬江親兵衛《いぬえしんべえ》、犬塚信乃《いぬづかしの》、犬田小文吾《いぬたこぶんご》）が、離合集散を繰り返しながら滅亡した里見家を再興するため戦う曲亭馬琴の代表作である。山田風太郎『八犬傳《でん》』、三島由紀夫『豊饒《ほうじょう》の海』、栗本薫《かおる》『神州日月変《しんしゅうじつげつへん》』、橋本治『ハイスクール八犬伝』、桜庭《さくらば》一樹《かずき》『伏《ふせ》 贋《がん》作《さく》・里見八犬伝』など、『南総里見八犬伝』の影響を受けた作品は現在まで連綿と書き継がれており、後世に与えた影響の大きさからも伝奇小説の歴史的な名作といえる。

お題その二。モンキー・パンチの漫画で、アニメ化作品も有名な『ルパン三世』。

モンキー・パンチが、一九六七年から「漫画アクション」で連載を始めた『ルパン三世』は、独自の美学を持っているが目的のためなら手段を選ばない怪盗のルパン三世と、その仲間たちの活躍を描いたピカレスク・ロマンだった。モンキー・パンチの原作は、一九七一年にアニメ化され、コミカルで義賊的なルパン三世、射撃の名人で相棒の次元大介、剣の達人でクールな石川五ェ門、敵か味方か不明の謎の美女・峰不二子、そしてルパン逮捕に執念を燃やす銭形警部が織り成す物語は、ユーモアの要素や人情味をプラスしながら発展し、現在も新作が制作される国民的なアニメになっている。

お題その三。NHKの人形劇。

NHKは、一九五三年にテレビ放送を開始した直後から人形劇に力を入れており、一九五三年から一九六二年まで結城《ゆうき》孫三郎一座が担当した操り人形劇〈マリオネット〉、一九五三年から一九六〇年まで劇団かかし座が担当した影絵劇〈シルエット〉、一九五五年から一九六四年まで劇団やまいもが担当した指人形劇〈連続ギニヨール〉などのシリーズを制作した。一九五六年から一九六四年まで夕方に放送された『チロリン村とくるみの木』は、週一回の放送だったが約半年後に月曜から金曜までの帯番組になり、この形式は『ひょっこりひょうたん島』『空中都市008』『プリンプリン物語』『三国志』『平家物語』などに受け継がれ、NHK人形劇の中核になる。長年、少年少女に夢を与えたNHK人形劇は、戦後のエンターテインメント史に偉大な足跡を残した。

NHKの人形劇は世代ごとに好きな作品は違うだろうが、おそらく一九六〇年代の前半に生まれた人たちが熱狂したのが、馬琴『南総里見八犬伝』をベースにした『新八犬伝』である。

脚本は、今もファンが多いNHK〈少年ドラマシリーズ〉の第一作『タイム・トラベラー』（原作は筒井康隆『時をかける少女』）も担当した石山透。ほぼ等身大だった人形の作製には、当時は新進気鋭の人形師だった辻村《つじむら》ジュサブロー（現・寿三郎）が抜擢《ばってき》された。人形劇でありながら、坂本九が扮《ふん》した人間の黒子が登場して名調子で語り、複雑なストーリーや歴史的な背景を説明する斬新な演出もあったようだ。

『新八犬伝』が人気だったことは、当初一年の放送予定が延長され、保元《ほうげん》の乱に敗れ伊豆大島に流された源　鎮西八郎為朝《みなもとのちんぜいはちろうためとも》が、琉　球《りゆうきゆう》王朝を再建し王になるまでを描いた馬琴の『椿説弓張月《ちんせつゆみはりづき》』を換骨奪胎してエピソードを増やしたことからも明らかだろう。

子供の頃に見た『新八犬伝』に魅了された著者が、八犬士を苦しめた悪役で「さもしい浪人」と名乗る網乾左母二郎《あぼしさもじろう》を主人公に、大胆なアレンジを加えながら『新八犬伝』

にオマージュを捧《ささ》げたのが、本書『さもしい浪人が行く　元禄八犬伝　二』である。

左母二郎の仲間が、謎めいた美女の船虫《ふなむし》と、変装の名人で群れ飛ぶかもめを描いた予告状を出して狙った品物を盗む鴎尻《かもめじり》の並四郎《なみしろう》、そして並四郎の捕縛に命を懸ける大坂西町奉行所の与力《よりき》・滝沢鬼右衛門《たきざわおにえもん》の人間関係は、明らかに『ルパン三世』を意識している。

『南総里見八犬伝』ではちょい役の左母二郎だが、『新八犬伝』では最終回まで登場する活躍をみせた。船虫は『南総里見八犬伝』の呼称で、『新八犬伝』では舟虫。並四郎は『南総里見八犬伝』のみに登場する盗賊ながら、物語の前半で犬田小文吾に討たれている。並四郎の妻が船虫で、復讐《ふくしゅう》のため小文吾を陥れようとするが失敗、後に偽赤岩《あかいわ》一角《いっかく》の後妻になり、後半まで八犬士を苦しめている。『新八犬伝』には、琉球に渡った犬塚信乃の相棒として義賊の運玉義留《うんたまぎる》が登場するので、並四郎は『新八犬伝』の運玉義留がモデルかもしれない。その意味で本書には、『新八犬伝』だけでなく、『南総里見八犬伝』のエッセンスもふんだんに盛り込まれているのである。

つまり著者は、江戸後期のベストセラー『南総里見八犬伝』、一九七〇年代前半に少年少女をテレビの前に釘付《くぎづ》けにした『新八犬伝』、いまや〝国民的〟な作品になった『ルパン三世』と、江戸時代から日本人が親しんできたエンターテインメントの遺伝子を受け継いで作品を作り上げたのだ。と書くと、〝もとになった作品を知らないので楽しめないかも〟と考える読者がいるかもしれないが、それは杞憂《きゆう》に過ぎない。左母二郎、並四郎、船虫の三人は、林不忘《ふぼう》『丹下左膳《たんげさぜん》　乾雲坤竜《けんうんこんりゅう》の巻』における隻眼隻手の怪剣客・丹下左膳、大身の旗本ながら放蕩無頼《ほうとうぶらい》の生活を送る鈴川源十郎《すずかわげんじゅうろう》、婀娜《あだ》な美女・櫛《くし》巻《ま》きお藤《ふじ》を思わせるなど、本書の設定は時代小説ファンならどこか懐かしさを感じるように思える。ユーモアとシリアス、史実と虚構をないまぜにしながら、謎あり、活劇あり、陰謀ありの先の読めない展開となっている本書は、娯楽時代小説のファンを、物語に一気に引き込むパワーを持っているのである。

『新八犬伝』は放送後にほとんどのマスターテープが消去され、当時は家庭用のビデオデッキが普及していなかったこともあり、現存するのは四話分と、芳流閣《ほうりゅうかく》の決斗《けっとう》までを新たに製作した『劇場版　新八犬伝　第一部　芳流閣の決斗』だけである。そのため『新八犬伝』は視聴者の記憶の中にしか存在しないといえるが、日本放送出版協会（現・ＮＨＫ出版）から刊行されたものの、長く入手難だったノベライズが二〇〇七年に復刊され、現在は角川文庫に収録されているので、本書と読み比べてみるのも一興だ。

『新八犬伝』は室町時代なので、本書の舞台が江戸幕府五代将軍綱吉《つなよし》が治めていた元禄時代だと知ると、リアルタイムで視聴した世代は戸惑うかもしれない。ただ綱吉が生《しょう》類憐《るいあわれ》みの令を出して特に犬を保護し、「犬公方《いぬくぼう》」と呼ばれたことを知っていると、全国から名前に「犬」の字が入った知勇に優れた武士を集めて八犬士（犬江親兵衛、犬川額《がく》蔵《ぞう》、犬村角太郎《かくたろう》、犬坂毛野、犬山道節、犬飼現八、犬塚信乃、犬田小文吾）を結成し、極秘の任務を与えたとの設定は、上方落語が好きな著者らしい洒落だと分かる。『新八犬伝』は、平安時代の物語である『椿説弓張月』を室町時代に組み込んでいるので、『新八犬伝』の世界を元禄に移した著者の試みは、原典の精神に忠実と解釈することもできる。なお、『南総里見八犬伝』と『新八犬伝』では八犬士の名前が微妙に異なっているが、本書は著者の愛した『新八犬伝』に倣っている。

綱吉が八犬士に命じたのは、正室の嫉妬を恐れた奥女中の珠《たま》が密《ひそ》かに産んだ綱吉の娘・伏姫《ふせひめ》の探索だった。手掛かりは、綱吉が珠に渡し伏姫に受け継がれた仁義八行の文字が浮かぶという水晶玉を連ねた数珠と、「おおさかのじい」のところに行くという書き置きだけ。綱吉が仁義八行の数珠を下賜《かし》したというのは、綱吉が儒教に基づく「仁政」を目標とし、儒教を創始した孔子《こうし》を祀《まつ》る湯島《ゆしま》聖堂を建て、家臣を集めて講義をするほど儒教に傾倒していた史実を踏まえており、ここにも著者らしいパロディ精神がうかがえる。

綱吉が、史実でも綱吉のために加持祈禱《かじきとう》を行った隆光《りゆうこう》に、伏姫の行方を占ってもらうと、伏姫の居場所は分からなかったが、大坂での乱の気配を読み取ってしまう。そこで綱吉は、八犬士の信乃、つなぎ役の、大法師《ちゆだいほうし》（金碗大輔《かなまりだいすけ》）らを大坂に派遣する。

こうして、八犬士と大坂を根城にしている左母二郎たちとの接点が生まれ、為政者に雇われた一派と逆らって気ままに生きる一派が共闘しての活躍が始まる。

第一話「通し矢と矢数俳諧《やかずはいかい》」では、ふとした偶然から、井原西鶴《いはらさいかく》の門人で阿蘭陀《オランダ》流二世を自称する東鶴《とうかく》と、早良《さわら》家弓術名人の太田原《おおたわら》十内《じゆうない》が、松尾芭蕉《まつおばしよう》門下の宝井其角《たからいきかく》を立ち会い人にして、通し矢と矢数俳諧の新記録を競うことになる。双方は賞金の三千両をもちより、勝者が総取りするという。ゝ大法師らは、三千両のほかに出される景物《けいぶつ》（賞品）の水晶玉が伏姫の持ち物ではないかと考え対決の行く末をうかがい、ゝ大法師と手を組んだ左母二郎たちは、賞金総額六千両を奪うため東鶴と十内の周辺を探るのだが、その前に凄腕《すごうで》の刺客が立ちはだかり、左母二郎は何度も刃《やいば》を交えることになる。

十内は腕を痛めており、勝負は東鶴が有利だが、それでも才能がない東鶴が短時間に二万三千句を超える俳諧を作るのは不可能に近い。「通し矢と矢数俳諧」は、東鶴が新記録を作る方法を調べたり、刺客の背後にいる黒幕が誰かを探る犯人当てがあったりするので、剣豪小説とミステリの融合も見事で、クライマックスの決闘は圧巻である。

第二話「真白山《ましろやま》の神隠し」では、大坂のゝ大法師のところへ行く途中、名張《なばり》から来た母子と同道した八犬士の犬山道節が、真白山で猿に襲われ山奥の一軒家に逃げ込み、中にいた山伏《やまぶし》に勧められた毒茸《どくきのこ》を食べ眠り込んだところ、身ぐるみ剝がされ、届けるはずだった信乃の愛刀・村雨丸《むらさめまる》も奪われてしまう。何とか大坂にたどり着いた道節は、山中で出会った母親が、自分が意識を失う間際に、娘に「ふせひめさま」と声を掛けたような気がすると、大法師に報告した。道節たちは山賊に連れ去られたらしい母子を探すため、左母二郎たちは再び、大法師に唆《そそのか》され山賊の隠した財宝を奪うため、真白山に向かう。

「真白山の神隠し」も、江戸川乱歩の出身地である現在の三重県名張市から来た母子が事件の発端を作ったり、お山に真白神が住むと信じる土俗的な村で、神の仕業としか思えない状況で娘たちが連続して消える事件が、横溝正史《せいし》の地方を舞台にした〈金田一耕助〉シリーズを彷彿《ほうふつ》させたりと、ミステリ色が濃くなっている。人間消失のトリックは、エドガー・アラン・ポーの有名な作品を想起させるが、似た犯人と犯行方法は『椿説弓張月』にも出てくる。日米の古典的名作のトリックを援用した「真白山の神隠し」は、『椿説弓張月』を取り込んだ『新八犬伝』の持ち味を活《い》かしたといえる。

元禄時代は、幕府の貨幣改鋳で市中に出回る資金が増え好景気（いわゆる元禄バブル）になっていたが、持てる者と持たざる者の格差は広がっていた。「金がすべてだ。金を持ってるやつが勝つ」という現代と変わらない価値観の時代に浪人し、命令されるのも、働くのも嫌いな左母二郎は、大名にも仕えず、内職もせず、小悪党になって金を稼ぐ道を選んだ。

本書には、宮仕えをしている八犬士から、貧しいが自由に生きる左母二郎まで、自分なりに働き方を選んだ登場人物が出てくるので、働き方が多用化し選択に迷っている現代人は、必ず共感できるキャラクターが見つかるように思える。自由に生き常識に縛られていない左母二郎たちが、他人を蹴落としてでも金を稼ごうと考える悪党を懲らしめ、実直に生きている人たちを救う展開も、悪が必ずしも裁かれず、善が報われないと感じている読者のもやもやを晴らしてくれ、爽快な気分で本が閉じられるはずだ。

本書は、二つの事件を引き起こした黒幕らしき存在が姿を現わしたところで幕を下ろした。この黒幕は真の〝ラスボス〟なのか、まだ登場していない八犬士と左母二郎たちはどのようにかかわっていくのか。続編の刊行が楽しみでならない。

（すえくに・よしみ　文芸評論家）

本書は、「ｗｅｂ集英社文庫」二〇二〇年六月〜九月に
配信されたものを加筆・修正したオリジナル文庫です。

田中啓文の本

大塩平八郎の逆襲
浮世奉行と三悪人

天下の豪商・鴻池善右衛門が命を狙われ、不気味な予告とともに下寺町一帯が火の海に包まれた。その裏には大塩平八郎の残党の影が！　泰平の世を終わらせんとする巨大な陰謀に直面する横町奉行の雀丸。そこにペリー率いる黒船が来航し……。

集英社文庫

集英社文庫

さもしい浪人《ろうにん》が行《い》く　元禄八犬伝《げんろくはっけんでん》　一

2020年9月25日　第1刷　　定価はカバーに表示してあります。

著　者　田中啓文《たなかひろふみ》

発行者　徳永　真

発行所　株式会社 集英社
東京都千代田区一ツ橋2-5-10　〒101-8050
電話　【編集部】03-3230-6095
【読者係】03-3230-6080
【販売部】03-3230-6393(書店専用)

印　刷　図書印刷株式会社

製　本　図書印刷株式会社

フォーマットデザイン　アリヤマデザインストア　　マークデザイン　居山浩二

ISBN978-4-08-744161-1 C0193